I0542657

Отрочество
Лев Николаевич Толстой

Boyhood
Leo Tolstoy

Boyhood
Copyright © JiaHu Books 2014
First Published in Great Britain in 2014 by Jiahu Books – part of
Richardson-Prachai Solutions Ltd, 34 Egerton Gate, Milton Keynes,
MK5 7HH
ISBN: 978-1-78435-095-6
Conditions of sale
All rights reserved. You must not circulate this book in any other
binding or cover and you must impose the same condition on any
acquirer.
A CIP catalogue record for this book is available from the British
Library
Visit us at: jiahubooks.co.uk

Глава I.
ПОЕЗДКА НА ДОЛГИХ

Снова поданы два экипажа к крыльцу петровского дома: один – карета, в которую садятся Мими, Катенька, Любочка, горничная и сам приказчик Яков, на козлах; другой – бричка, в которой едем мы с Володей и недавно взятый с оброка лакей Василий.

Папа, который несколько дней после нас должен тоже приехать в Москву, без шапки стоит на крыльце и крестит окно кареты и бричку.

«Ну, Христос с вами! трогай!» Яков и кучера (мы едем на своих) снимают шапки и крестятся. «Но, но! с Богом!» Кузов кареты и брички начинают подпрыгивать по неровной дороге, и березы большой аллеи одна за другой бегут мимо нас. Мне нисколько не грустно: умственный взор мой обращен не на то, что я оставляю, а на то, что ожидает меня. По мере удаления от предметов, связанных с тяжелыми воспоминаниями, наполнявшими до сей поры мое воображение, воспоминания эти теряют свою силу и быстро заменяются отрадным чувством сознания жизни, полной силы, свежести и надежды.

Редко провел я несколько дней – не скажу весело: мне еще как-то совестно было предаваться веселью, – но так приятно, хорошо, как четыре дня нашего путешествия. У меня перед глазами не было ни затворенной двери комнаты матушки, мимо которой я не мог проходить без содрогания, ни закрытого рояля, к которому не только не подходили, но на который и смотрели с какою-то боязнью, ни траурных одежд (на всех нас были простые дорожные платья), ни всех тех вещей, которые, живо напоминая мне невозвратимую потерю, заставляли меня остерегаться каждого проявления жизни из страха оскорбить как-нибудь ее память. Здесь, напротив, беспрестанно новые живописные места и предметы останавливают и развлекают мое внимание, а весенняя природа вселяет в душу отрадные чувства – довольства настоящим и светлой надежды на будущее.

Рано, рано утром безжалостный и, как всегда бывают

люди в новой должности, слишком усердный Василий сдергивает одеяло и уверяет, что пора ехать и все уже готово. Как ни жмешься, ни хитришь, ни сердишься, чтобы хоть еще на четверть часа продлить сладкий утренний сон, по решительному лицу Василья видишь, что он неумолим и готов еще двадцать раз сдернуть одеяло, вскакиваешь и бежишь на двор умываться.

В сенях уже кипит самовар, который, раскрасневшись как рак, раздувает Митька-форейтор; на дворе сыро и туманно, как будто пар подымается от пахучего навоза; солнышко веселым, ярким светом освещает восточную часть неба, и соломенные крыши просторных навесов, окружающих двор, глянцевиты от росы, покрывающей их. Под ними виднеются наши лошади, привязанные около кормяг, и слышно их мерное жевание. Какая-нибудь мохнатая Жучка, прикорнувшая перед зарей на сухой куче навоза, лениво потягивается и, помахивая хвостом, мелкой рысцой отправляется в другую сторону двора. Хлопотунья хозяйка отворяет скрипящие ворота, выгоняет задумчивых коров на улицу, по которой уже слышны топот, мычание и блеяние стада, и перекидывается словечком с сонной соседкой. Филипп, с засученными рукавами рубашки, вытягивает колесом бадью из глубокого колодца, плеская светлую воду, выливает ее в дубовую колоду, около которой в луже уже полощутся проснувшиеся утки; и я с удовольствием смотрю на значительное, с окладистой бородой, лицо Филиппа и на толстые жилы и мускулы, которые резко обозначаются на его голых мощных руках, когда он делает какое-нибудь усилие.

За перегородкой, где спала Мими с девочками и из-за которой мы переговаривались вечером, слышно движенье. Маша с различными предметами, которые она платьем старается скрыть от нашего любопытства, чаще и чаще пробегает мимо нас, наконец отворяется дверь, и нас зовут пить чай.

Василий, в припадке излишнего усердия, беспрестанно вбегает в комнату, выносит то то, то другое, подмигивает нам и всячески упрашивает Марью Ивановну выезжать ранее. Лошади заложены и выражают свое нетерпение, изредка побрякивая бубенчиками; чемоданы, сундуки, шкатулки и шкатулочки снова укладываются, и мы садимся по местам. Но каждый раз в бричке мы находим гору вместо сиденья, так что никак не можем понять, как все это было уложено накануне и как теперь мы будем сидеть; особенно один ореховый чайный ящик с треугольной крышкой, который отдают к нам в бричку и ставят под меня, приводит меня в сильнейшее негодование. Но Василий говорит, что это обомнется, и я принужден верить ему.

Солнце только что поднялось над сплошным белым облаком, покрывающим восток, и вся окрестность озарилась спокойно-радостным светом. Все так прекрасно вокруг меня, а на душе так легко и спокойно... Дорога широкой, дикой лентой вьется впереди, между полями засохшего жнивья и блестящей росою зелени; кое-где при дороге попадается угрюмая ракита или молодая березка с мелкими клейкими листьями, бросая длинную неподвижную тень на засохшие глинистые колеи и мелкую зеленую траву дороги... Однообразный шум колес и бубенчиков не заглушает песен жаворонков, которые вьются около самой дороги. Запах съеденного молью сукна, пыли и какой-то кислоты, которым отличается наша бричка, покрывается запахом утра, и я чувствую в душе отрадное беспокойство, желание что-то сделать – признак истинного наслаждения.

Я не успел помолиться на постоялом дворе; но так как уже не раз замечено мною, что в тот день, в который я по каким-нибудь обстоятельствам забываю исполнить этот обряд, со мною случается какое-нибудь несчастие, я стараюсь исправить свою ошибку: снимаю фуражку, поворачиваясь в угол брички, читаю молитвы и крещусь под курточкой так, чтобы никто не видал этого. Но тысячи различных предметов отвлекают мое внимание, и я несколько раз сряду в рассеянности повторяю одни и те же слова молитвы.

Вот на пешеходной тропинке, вьющейся около дороги, виднеются какие-то медленно движущиеся фигуры: это богомолки. Головы их закутаны грязными платками, за спинами берестовые котомки, ноги обмотаны грязными, оборванными онучами и обуты в тяжелые лапти. Равномерно размахивая палками и едва оглядываясь на нас, они медленным тяжелым шагом подвигаются вперед одна за другою, и меня занимают вопросы: куда, зачем они идут? долго ли продолжится их путешествие, и скоро ли длинные тени, которые они бросают на дорогу, соединятся с тенью ракиты, мимо которой они должны пройти. Вот коляска, четверкой, на почтовых быстро несется навстречу. Две секунды, и лица, на расстоянии двух аршин, приветливо, любопытно смотревшие на нас, уже промелькнули, и как-то странно кажется, что эти лица не имеют со мной ничего общего и что их никогда, может быть, не увидишь больше.

Вот стороной дороги бегут две потные, косматые лошади в хомутах с захлестнутыми за шлеи постромками, и сзади, свесив длинные ноги в больших сапогах по обеим сторонам лошади, у которой на холке висит дуга и изредка чуть слышно побрякивает колокольчиком, едет молодой парень ямщик и, сбив на одно ухо поярковую шляпу, тянет какую-то протяжную песню. Лицо и поза его выражают так много ленивого, беспечного довольства, что мне кажется, верх счастия быть ямщиком, ездить обратным и петь грустные песни. Вон далеко за оврагом виднеется на светло-голубом небе деревенская церковь с зеленой крышей; вон село, красная крыша барского дома и зеленый сад. Кто живет в этом доме? есть ли в нем дети, отец, мать, учитель? Отчего бы нам не поехать в этот дом и не познакомиться с хозяевами? Вот длинный обоз огромных возов, запряженных тройками сытых толстоногих лошадей, который мы принуждены объезжать стороною. «Что везете?» – спрашивает Василий у первого извозчика, который, спустив огромные ноги с грядок и помахивая кнутиком, долго пристально-бессмысленным взором следит за нами и отвечает что-то только тогда, когда его невозможно слышать. «С каким товаром?» – обращается Василий к другому возу, на огороженном передке которого, под новой рогожей, лежит другой извозчик. Русая голова с красным лицом и рыжеватой бородкой на минуту высовывается из-под рогожи, равнодушно-презрительным взглядом окидывает нашу бричку и снова скрывается – и мне приходят мысли, что, верно, эти извозчики не знают, кто мы такие и откуда и куда едем?..

Часа полтора углубленный в разнообразные наблюдения, я не обращаю внимания на кривые цифры, выставленные на верстах. Но вот солнце начинает жарче печь мне голову и спину, дорога становится пыльнее, треугольная крышка чайницы начинает сильно беспокоить меня, я несколько раз переменяю положение: мне становится жарко, неловко и скучно. Все мое внимание обращается на верстовые столбы и на цифры, выставленные на них; я делаю различные математические вычисления насчет времени, в которое мы можем приехать на станцию. «Двенадцать верст составляют треть тридцати шести, а до Липец сорок одна, следовательно, мы проехали одну треть и сколько?» и т. д.

– Василий, – говорю я, когда замечаю, что он начинает *удить рыбу* на козлах, – пусти меня на козлы, голубчик.

Василий соглашается. Мы переменяемся местами: он тотчас же начинает храпеть и разваливается так, что в бричке уже не остается больше ни для кого места; а передо мной открывается с высоты, которую я занимаю, самая приятная картина: наши четыре лошади, Неручинская, Дьячок, Левая коренная и Аптекарь, все изученные мною до малейших подробностей и оттенков свойств каждой.

– Отчего это нынче Дьячок на правой пристяжке, а не на левой, Филипп? – несколько робко спрашиваю я.

– Дьячок?

– А Неручинская ничего не везет, – говорю я.

– Дьячка нельзя налево впрягать, – говорит Филипп, не обращая внимания на мое последнее замечание, – не такая лошадь, чтоб его на левую пристяжку запрягать. Налево уж нужно такую лошадь, чтоб, одно слово, была лошадь, а это не такая лошадь.

И Филипп с этими словами нагибается на правую сторону и, подергивая вожжой из всех сил, принимается стегать бедного Дьячка по хвосту и по ногам, как-то особенным манером, снизу, и, несмотря на то, что Дьячок старается из всех сил и воротит всю бричку, Филипп прекращает этот маневр только тогда, когда чувствует необходимость отдохнуть и сдвинуть неизвестно для чего свою шляпу на один бок, хотя она до этого очень хорошо и плотно сидела на его голове. Я пользуюсь такой счастливой минутой и прошу Филиппа дать мне поправить. Филипп дает мне сначала одну вожжу, потом другую; наконец все шесть вожжей и кнут переходят в мои руки, и я совершенно счастлив. Я стараюсь всячески подражать Филиппу, спрашиваю у него, хорошо ли? но обыкновенно кончается тем, что он остается мною недоволен: говорит, что та много везет, а та ничего не везет, высовывает локоть из-за моей груди и отнимает у меня вожжи. Жар все усиливается, барашки начинают вздуваться, как мыльные пузыри, выше и выше, сходиться и принимают темно-серые тени. В окно кареты высовывается рука с бутылкой и узелком; Василий с удивительной ловкостью на ходу соскакивает с козел и приносит нам ватрушек и квасу.

На крутом спуске мы все выходим из экипажей и иногда вперегонки бежим до моста, между тем как Василий и Яков, подтормозив колеса, с обеих сторон руками поддерживают карету, как будто они в состоянии удержать ее, ежели бы она упала. Потом, с позволения Мими, я или Володя отправляемся в карету, а Любочка или Катенька садятся в бричку. Перемещения эти доставляют большое удовольствие девочкам, потому что они справедливо находят, что в бричке гораздо веселей. Иногда во время жара, проезжая через рощу, мы отстаем от кареты, нарываем зеленых веток и устраиваем в бричке беседку. Движущаяся беседка во весь дух догоняет карету, и Любочка пищит при этом самым пронзительным голосом, чего она никогда не забывает делать при каждом случае, доставляющем ей большое удовольствие.

Но вот и деревня, в которой мы будем обедать и отдыхать. Вот уж запахло деревней – дымом, дегтем, баранками, послышались звуки говора, шагов и колес; бубенчики уже звенят не так, как в чистом поле, и с обеих сторон мелькают избы, с соломенными кровлями, резными тесовыми крылечками и маленькими окнами с красными и зелеными ставнями, в которые кое-где просовывается лицо любопытной бабы. Вот крестьянские мальчики и девочки в одних рубашонках: широко раскрыв глаза и растопырив руки, неподвижно стоят они на одном месте или, быстро семеня в пыли босыми ножонками, несмотря на угрожающие жесты Филиппа, бегут за экипажами и стараются взобраться на чемоданы, привязанные сзади. Вот и рыжеватые дворники с обеих сторон подбегают к экипажам и привлекательными словами и жестами один перед другим стараются заманить проезжающих. Тпрру! Ворота скрипят, вальки цепляют за воротища, и мы въезжаем на двор. Четыре часа отдыха и свободы!

Глава II.
ГРОЗА

Солнце склонялось к западу и косыми жаркими лучами

невыносимо жгло мне шею и щеки; невозможно было дотронуться до раскаленных краев брички; густая пыль поднималась по дороге и наполняла воздух. Не было ни малейшего ветерка, который бы относил ее. Впереди нас, на одинаковом расстоянии, мерно покачивался высокий запыленный кузов кареты с важами, из-за которого виднелся изредка кнут, которым помахивал кучер, его шляпа и фуражка Якова. Я не знал, куда деваться: ни черное от пыли лицо Володи, дремавшего подле меня, ни движения спины Филиппа, ни длинная тень нашей брички, под косым углом бежавшая за нами, не доставляли мне развлечения. Все мое внимание было обращено на верстовые столбы, которые я замечал издалека, и на облака, прежде рассыпанные по небосклону, которые, приняв зловещие, черные тени, теперь собирались в одну большую, мрачную тучу. Изредка погромыхивал дальний гром. Это последнее обстоятельство более всего усиливало мое нетерпение скорее приехать на постоялый двор. Гроза наводила на меня невыразимо тяжелое чувство тоски и страха.

До ближайшей деревни оставалось еще верст девять, а большая темно-лиловая туча, взявшаяся Бог знает откуда, без малейшего ветра, но быстро подвигалась к нам. Солнце, еще не скрытое облаками, ярко освещает ее мрачную фигуру и серые полосы, которые от нее идут до самого горизонта. Изредка вдалеке вспыхивает молния и слышится слабый гул, постоянно усиливающийся, приближающийся и переходящий в прерывистые раскаты, обнимающие весь небосклон. Василий приподнимается с козел и поднимает верх брички; кучера надевают армяки и при каждом ударе грома снимают шапки и крестятся; лошади настораживают уши, раздувают ноздри, как будто принюхиваясь к свежему воздуху, которым пахнет от приближающейся тучи, и бричка скорее катит по пыльной дороге. Мне становится жутко, и я чувствую, как кровь быстрее обращается в моих жилах. Но вот передовые облака уже начинают закрывать солнце; вот оно выглянуло в последний раз, осветило страшно-мрачную сторону горизонта и скрылось. Вся окрестность вдруг изменяется и принимает мрачный характер. Вот задрожала осиновая роща; листья становятся какого-то бело-мутного цвета, ярко выдающегося на лиловом фоне тучи, шумят и вертятся; макушки больших берез начинают раскачиваться, и пучки сухой травы летят через дорогу. Стрижи и белогрудые ласточки, как будто с намерением остановить нас, реют вокруг брички и пролетают под самой грудью лошадей; галки с растрепанными крыльями как-то боком летают по ветру; края кожаного фартука, которым мы застегнулись, начинают подниматься, пропускать к нам порывы влажного ветра и, размахиваясь, биться о кузов брички. Молния вспыхивает как будто в самой бричке, ослепляет зрение и на одно мгновение освещает серое сукно, басон и прижавшуюся к углу фигуру Володи. В ту же секунду над самой головой раздается величественный гул, который, как будто поднимаясь все выше и выше, шире и шире, по огромной спиральной линии, постепенно усиливается и переходит в оглушительный треск, невольно заставляющий трепетать и сдерживать дыхание. Гнев Божий! Как много поэзии в этой простонародной мысли!

Колеса вертятся скорее и скорее; по спинам Василия и Филиппа, который нетерпеливо помахивает вожжами, я замечаю, что и они боятся. Бричка шибко катится под гору и стучит по дощатому мосту; я боюсь пошевелиться и с минуты на минуту ожидаю нашей общей погибели.

Тпру! оторвался валек и на мосту, несмотря на беспрерывные оглушительные удары, мы принуждены остановиться.

Прислонив голову к краю брички, я с захватывающим дыхание замиранием сердца безнадежно слежу за движениями толстых черных пальцев Филиппа, который медлительно захлестывает петлю и выравнивает постромки, толкая пристяжную ладонью и кнутовищем.

Тревожные чувства тоски и страха увеличивались во мне вместе с усилением грозы, но когда пришла величественная минута безмолвия, обыкновенно предшествующая разражению грозы, чувства эти дошли до такой степени, что, продолжись это состояние еще четверть часа, я уверен, что умер бы от волнения. В это самое время из-под моста вдруг появляется, в одной грязной дырявой рубахе, какое-то человеческое существо с опухшим бессмысленным лицом, качающейся, ничем не покрытой обстриженной головой, кривыми безмускульными ногами и с какой-то красной, глянцевитой культяпкой вместо руки, которую он сует прямо в бричку.

– Ба-а-шка! убо-го-му Хри-ста ра-ди, – звучит

болезненный голос, и нищий с каждым словом крестится и кланяется в пояс.

Не могу выразить чувства холодного ужаса, охватившего мою душу в эту минуту. Дрожь пробегала по моим волосам, а глаза с бессмыслием страха были устремлены на нищего...

Василий, в дороге подающий милостыню, дает наставления Филиппу насчет укрепления валька и, только когда все уже готово и Филипп, собирая вожжи, лезет на козлы, начинает что-то доставать из бокового кармана. Но только что мы трогаемся, ослепительная молния, мгновенно наполняя огненным светом всю лощину, заставляет лошадей остановиться и, без малейшего промежутка, сопровождается таким оглушительным треском грома, что кажется, весь свод небес рушится над нами. Ветер еще усиливается: гривы и хвосты лошадей, шинель Василья и края фартука принимают одно направление и отчаянно развеваются от порывов неистового ветра. На кожаный верх брички тяжело упала крупная капля дождя... другая, третья, четвертая, и вдруг как будто кто-то забарабанил над нами, и вся окрестность огласилась равномерным шумом падающего дождя. По движениям локтей Василья я замечаю, что он развязывает кошелек; нищий, продолжая креститься и кланяться, бежит подле самых колес, так что, того и гляди, раздавят его. «Подай Христа ра-ди». Наконец медный грош летит мимо нас, и жалкое созданье, в обтянувшем его худые члены, промокшем до нитки рубище, качаясь от ветра, в недоумении останавливается посреди дороги и исчезает из моих глаз.

Косой дождь, гонимый сильным ветром, лил как из ведра; с фризовой спины Василья текли потоки в лужу мутной воды, образовавшуюся на фартуке. Сначала сбитая катышками пыль превратилась в жидкую грязь, которую месили колеса, толчки стали меньше, и по глинистым колеям потекли мутные ручьи. Молния светила шире и бледнее, и раскаты грома уже были не так поразительны за равномерным шумом дождя.

Но вот дождь становится мельче; туча начинает разделяться на волнистые облака, светлеть в том месте, в котором должно быть солнце, и сквозь серовато-белые края тучи чуть виднеется клочок ясной лазури. Через минуту робкий луч солнца уже блестит в лужах дороги, на полосах падающего, как сквозь сито, мелкого прямого дождя и на обмытой, блестящей зелени дорожной травы. Черная туча так же грозно застилает противоположную сторону небосклона, но я уже не боюсь ее. Я испытываю невыразимо отрадное чувство надежды в жизни, быстро заменяющее во мне тяжелое чувство страха. Душа моя улыбается так же, как и освеженная, повеселевшая природа. Василий откидывает воротник шинели, снимает фуражку и отряхивает ее; Володя откидывает фартук; я высовываюсь из брички и жадно впиваю в себя освеженный душистый воздух. Блестящий, обмытый кузов кареты с важами и чемоданами покачивается перед нами, спины лошадей, шлеи, вожжи, шины колес – все мокро и блестит на солнце, как покрытое лаком. С одной стороны дороги – необозримое озимое поле, кое-где перерезанное неглубокими овражками, блестит мокрой землею и зеленью и расстилается тенистым ковром до самого горизонта; с другой стороны – осиновая роща, поросшая ореховым и черемушным подседом, как бы в избытке счастия стоит, не шелохнется и медленно роняет с своих обмытых ветвей светлые капли дождя на сухие прошлогодние листья. Со всех сторон вьются с веселой песнью и быстро падают хохлатые жаворонки; в мокрых кустах слышно хлопотливое движение маленьких птичек, и из середины рощи ясно долетают звуки кукушки. Так обаятелен этот чудный запах леса после весенней грозы, запах березы, фиалки, прелого листа, сморчков, черемухи, что я не могу усидеть в бричке, соскакиваю с подножки, бегу к кустам и, несмотря на то, что меня осыпает дождевыми каплями, рву мокрые ветки распустившейся черемухи, бью себя ими по лицу и упиваюсь их чудным запахом. Не обращая даже внимания на то, что к сапогам моим липнут огромные комки грязи и чулки мои давно уже мокры, я, шлепая по грязи, бегу к окну кареты.

– Любочка! Катенька! – кричу я, подавая туда несколько веток черемухи, – посмотри, как хорошо!

Девочки пищат, ахают; Мими кричит, чтобы я ушел, а то меня непременно раздавят.

– Да ты понюхай, как пахнет! – кричу я.

Глава III.
НОВЫЙ ВЗГЛЯД

Катенька сидела подле меня в бричке и, склонив свою хорошенькую головку, задумчиво следила за убегающей под колесами пыльной дорогой. Я молча смотрел на нее и удивлялся тому не детски грустному выражению, которое в первый раз встречал на ее розовеньком личике.

– А вот скоро мы и приедем в Москву, – сказал я, – как ты думаешь, какая она?

– Не знаю, – отвечала она нехотя.

– Ну все-таки, как ты думаешь: больше Серпухова или нет?..

– Что?

– Я ничего.

Но по тому инстинктивному чувству, которым один человек угадывает мысли другого и которое служит путеводною нитью разговора, Катенька поняла, что мне больно ее равнодушие; она подняла голову и обратилась ко мне:

– Папа говорил вам, что мы будем жить у бабушки?

– Говорил; бабушка хочет совсем с нами жить.

– И все будем жить?

– Разумеется; мы будем жить на верху в одной половине; вы в другой половине; а папа во флигеле; а обедать будем все вместе, внизу у бабушки.

– Maman говорит, что бабушка такая важная – сердитая?

– Не-ет! Это только так кажется сначала. Она важная, но совсем не сердитая; напротив, очень добрая, веселая. Коли бы ты видела, какой бал был в се именины!

– Все-таки я боюсь ее; да, впрочем, Бог знает, будем ли мы...

Катенька вдруг замолчала и опять задумалась.

– Что-о? – спросил я с беспокойством.

– Ничего, я так.

– Нет, ты что-то сказала: «Бог знает...»

– Так ты говорил, какой был бал у бабушки.

– Да вот жалко, что вас не было; гостей было пропасть, человек тысяча, музыка, генералы, и я танцевал... Катенька! – сказал я вдруг, останавливаясь в середине своего описания, – ты не слушаешь?

– Нет, слышу; ты говорил, что ты танцевал.

– Отчего ты такая скучная?

– Не всегда же веселой быть.

– Нет, ты очень переменилась с тех пор, как мы приехали из Москвы. Скажи по правде, – прибавил я с решительным видом, поворачиваясь к ней, – отчего ты стала какая-то странная?

– Будто я странная? – отвечала Катенька с одушевлением, которое доказывало, что мое замечание интересовало ее, – я совсем не странная.

– Нет, ты уж не такая, как прежде, – продолжал я, – прежде видно было, что ты во всем с нами заодно, что ты нас считаешь как родными и любишь так же, как и мы тебя, а теперь ты стала такая серьезная, удаляешься от нас...

– Совсем нет...

– Нет, дай мне договорить, – перебил я, уже начиная ощущать легкое щекотанье в носу, предшествующее слезам, которые всегда навертывались мне на глаза, когда я высказывал давно сдержанную задушевную мысль, – ты удаляешься от нас, разговариваешь только с Мими, как будто не хочешь нас знать.

– Да ведь нельзя же всегда оставаться одинаковыми; надобно когда-нибудь и перемениться, – отвечала Катенька, которая имела привычку объяснять все какою-то фаталистическою необходимостью, когда не знала, что говорить.

Я помню, что раз, поссорившись с Любочкой, которая назвала ее глупой девочкой, она ответила: не всем же умным быть, надо и глупым быть; но меня не удовлетворил ответ, что надо же и перемениться когда-нибудь, и я продолжал допрашивать:

– Для чего же это надо?

– Ведь не всегда же мы будем жить вместе, – отвечала Катенька, слегка краснея и пристально вглядываясь в спину Филиппа. – Маменька могла жить у покойницы вашей маменьки, которая была ее другом; а с графиней, которая, говорят, такая сердитая, еще, Бог знает, сойдутся ли они? Кроме того, все-таки когда-нибудь да мы разойдемся: вы богаты – у вас есть Петровское, а мы бедные – у маменьки ничего нет.

Вы богаты – мы бедны: эти слова и понятия, связанные

с ними, показались мне необыкновенно странны. Бедными, по моим тогдашним понятиям, могли быть только нищие и мужики, и это понятие бедности я никак не мог соединить в своем воображении с грациозной, хорошенькой Катей. Мне казалось, что Мими и Катенька ежели всегда жили, то всегда и будут жить с нами и делить все поровну. Иначе и быть не могло. Теперь же тысячи новых, неясных мыслей, касательно одинокого положения их, зароились в моей голове, и мне стало так совестно, что мы богаты, а они бедны, что я покраснел и не мог решиться взглянуть на Катеньку.

«Что ж такое, что мы богаты, а они бедны? – думал я, – и каким образом из этого вытекает необходимость разлуки? Отчего ж нам не разделить поровну того, что имеем?» Но я понимал, что с Катенькой не годится говорить об этом, и какой-то практический инстинкт, в противность этим логическим размышлениям, уже говорил мне, что она права и что неуместно бы было объяснять ей свою мысль.

– Неужели точно ты уедешь от нас? – сказал я, – как же это мы будем жить врозь?

– Что же делать, мне самой больно; только ежели это случится, я знаю, что я сделаю...

– В актрисы пойдешь... вот глупости! – подхватил я, зная, что быть актрисой было всегда любимой мечтой ее.

– Нет, это я говорила, когда была маленькой...

– Так что же ты сделаешь?

– Пойду в монастырь и буду там жить, буду ходить в черненьком платьице, в бархатной шапочке.

Катенька заплакала.

Случалось ли вам, читатель, в известную пору жизни, вдруг замечать, что ваш взгляд на вещи совершенно изменяется, как будто все предметы, которые вы видели до тех пор, вдруг повернулись к вам другой, неизвестной еще стороной? Такого рода моральная перемена произошла во мне в первый раз во время нашего путешествия, с которого я и считаю начало моего отрочества.

Мне в первый раз пришла в голову ясная мысль о том, что не мы одни, то есть наше семейство, живем на свете, что не все интересы вертятся около нас, а что существует другая жизнь людей, ничего не имеющих общего с нами, не заботящихся о нас и даже не имеющих понятия о нашем существовании. Без сомнения, я и прежде знал все это; но знал не так, как я это узнал теперь, не сознавал, не чувствовал.

Мысль переходит в убеждение только одним известным путем, часто совершенно неожиданным и особенным от путей, которые, чтобы приобрести то же убеждение, проходят другие умы. Разговор с Катенькой, сильно тронувший меня и заставивший задуматься над ее будущим положением, был для меня этим путем. Когда я глядел на деревни и города, которые мы проезжали, в которых в каждом доме жило по крайней мере такое же семейство, как наше, на женщин, детей, которые с минутным любопытством смотрели на экипаж и навсегда исчезали из глаз, на лавочников, мужиков, которые не только не кланялись нам, как я привык видеть это в Петровском, но не удостоивали нас даже взглядом, мне в первый раз пришел в голову вопрос: что же их может занимать, ежели они нисколько не заботятся о нас? и из этого вопроса возникли другие: как и чем они живут, как воспитывают своих детей, учат ли их, пускают ли играть, как наказывают? и т. д.

Глава IV.
В МОСКВЕ

С приездом в Москву перемена моего взгляда на предметы, лица и свое отношение к ним стала еще ощутительнее.

При первом свидании с бабушкой, когда я увидал ее худое морщинистое лицо и потухшие глаза, чувство подобострастного уважения и страха, которые я к ней испытывал, заменились состраданием; а когда она, припав лицом к голове Любочки, зарыдала так, как будто перед ее глазами был труп ее любимой дочери, даже чувством любви заменилось во мне сострадание. Мне было неловко видеть ее печаль при свидании с нами; я сознавал, что мы сами по себе ничто в ее глазах, что мы ей дороги только как воспоминание, я чувствовал, что в каждом поцелуе, которыми она покрывала мои щеки, выражалась одна мысль: ее нет, она умерла, я не увижу ее больше!

Папа, который в Москве почти совсем не занимался нами и с вечно озабоченным лицом только к обеду приходил к нам, в черном сюртуке или фраке, – вместе с своими большими выпущенными воротничками рубашки, халатом, старостами, приказчиками, прогулками на гумно и охотой, много потерял в моих глазах. Карл Иваныч, которого бабушка называла дядькой и который вдруг, Бог знает зачем, вздумал заменить свою почтенную, знакомую мне лысину рыжим париком с нитяным пробором почти посередине головы, показался мне так странен и смешон, что я удивлялся, как мог я прежде не замечать этого.

Между девочками и нами тоже появилась какая-то невидимая преграда; у них и у нас были уже свои секреты; как будто они гордились перед нами своими юбками, которые становились длиннее, а мы своими панталонами со штрипками. Мими же в первое воскресенье вышла к обеду в таком пышном платье и с такими лентами на голове, что уж сейчас видно было, что мы не в деревне и теперь все пойдет иначе.

Глава V.
СТАРШИЙ БРАТ

Я был только годом и несколькими месяцами моложе Володи; мы росли, учились и играли всегда вместе. Между нами не делали различия старшего и младшего; но именно около того времени, о котором я говорю, я начал понимать, что Володя не товарищ мне по годам, наклонностям и способностям. Мне даже казалось, что Володя сам сознает свое первенство и гордится им. Такое убеждение, может быть и ложное, внушало мне самолюбие, страдавшее при каждом столкновении с ним. Он во всем стоял выше меня: в забавах, в учении, в ссорах, в умении держать себя, и все это отдаляло меня от него и заставляло испытывать непонятные для меня моральные страдания. Ежели бы когда Володе в первый раз сделали голландские рубашки со складками, я сказал прямо, что мне весьма досадно не иметь таких, я уверен, что мне стало бы легче и не казалось бы всякий раз, когда он оправлял воротнички, что он делает это для того только, чтобы оскорбить меня.

Меня мучило больше всего то, что Володя, как мне иногда казалось, понимал меня, но старался скрывать это.

Кто не замечал тех таинственных бессловесных отношений, проявляющихся в незаметной улыбке, движении или взгляде между людьми, живущими постоянно вместе: братьями, друзьями, мужем и женой, господином и слугой, в особенности когда люди эти не во всем откровенны между собой. Сколько недосказанных желаний, мыслей и страха – быть понятым – выражается в одном случайном взгляде, когда робко и нерешительно встречаются ваши глаза!

Но может быть, меня обманывала в этом отношении моя излишняя восприимчивость и склонность к анализу; может быть, Володя совсем и не чувствовал того же, что я. Он был пылок, откровенен и непостоянен в своих увлечениях. Увлекаясь самыми разнородными предметами, он предавался им всей душой.

То вдруг на него находила страсть к картинкам: он сам принимался рисовать, покупал на все свои деньги, выпрашивал у рисовального учителя, у папа, у бабушки; то страсть к вещам, которыми он украшал свой столик, собирая их по всему дому; то страсть к романам, которые он доставал потихоньку и читал по целым дням и ночам... Я невольно увлекался его страстями; но был слишком горд, чтобы идти по его следам, и слишком молод и несамостоятелен, чтобы избрать новую дорогу. Но ничему я не завидовал столько, как счастливому благородно-откровенному характеру Володи, особенно резко выражавшемуся в ссорах, случавшихся между нами. Я чувствовал, что он поступает хорошо, но не мог подражать ему.

Однажды, во время сильнейшего пыла его страсти к вещам, я подошел к его столу и разбил нечаянно пустой разноцветный флакончик.

– Кто тебя просил трогать мои вещи? – сказал вошедший в комнату Володя, заметив расстройство, произведенное мною в симметрии разнообразных украшений его столика. – А где флакончик? непременно ты.

– Нечаянно уронил; он и разбился, что ж за беда?

– Сделай милость, никогда *не смей* прикасаться к моим вещам, – сказал он, составляя куски разбитого флакончика и с сокрушением глядя на них.

– Пожалуйста, *не командуй*, – отвечал я. – Разбил так разбил; что ж тут говорить!

И я улыбнулся, хотя мне совсем не хотелось улыбаться.

– Да, тебе ничего, а мне чего, – продолжал Володя, делая жест подергивания плечом, который он наследовал от папа, –

разбил, да еще и смеется, этакой несносный мальчишка!

– Я мальчишка; а ты большой да глупый.

– Не намерен с тобой браниться, – сказал Володя, слегка отталкивая меня, – убирайся.

– Не толкайся!

– Убирайся!

– Я тебе говорю, не толкайся!

Володя взял меня за руку и хотел оттащить от стола; но я уже был раздражен до последней степени: схватил стол за ножку и опрокинул его. «Так вот же тебе!» – и все фарфоровые и хрустальные украшения с дребезгом полетели на пол.

– Отвратительный мальчишка!.. – закричал Володя, стараясь поддержать падающие вещи.

«Ну, теперь все кончено между нами, – думал я, выходя из комнаты, – мы навек поссорились».

До вечера мы не говорили друг с другом; я чувствовал себя виноватым, боялся взглянуть на него и целый день не мог ничем заняться; Володя, напротив, учился хорошо и, как всегда, после обеда разговаривал и смеялся с девочками.

Как только учитель кончал класс, я выходил из комнаты: мне страшно, неловко и совестно было оставаться одному с братом. После вечернего класса истории я взял тетради и направился к двери. Проходя мимо Володи, несмотря на то, что мне хотелось подойти и помириться с ним, я надулся и старался сделать сердитое лицо. Володя в это самое время поднял голову и с чуть заметной, добродушно-насмешливой улыбкой смело посмотрел на меня. Глаза наши встретились, и я понял, что он понимает меня и то, что я понимаю, что он понимает меня; но какое-то непреодолимое чувство заставило меня отвернуться.

– Николенька! – сказал он мне самым простым, нисколько не патетическим голосом, – полно сердиться. Извини меня, ежели я тебя обидел.

И он подал мне руку.

Как будто, поднимаясь все выше и выше, что-то вдруг стало давить меня в груди и захватывать дыхание; но это продолжалось только одну секунду: на глазах показались слезы, и мне стало легче.

– Прости... ме...ня, Вол...дя! – сказал я, пожимая его руку.

Володя смотрел на меня, однако, так, как будто никак не понимал, отчего у меня слезы на глазах...

Глава VI.
МАША

Но ни одна из перемен, происшедших в моем взгляде на вещи, не была так поразительна для самого меня, как та, вследствие которой в одной из наших горничных я перестал видеть слугу женского пола, а стал видеть *женщину* , от которой могли зависеть, в некоторой степени, мое спокойствие и счастие.

С тех пор как помню себя, помню я и Машу в нашем доме, и никогда, до случая, переменившего совершенно мой взгляд на нее и про который я расскажу сейчас, – я не обращал на нее ни малейшего внимания. Маше было лет двадцать пять, когда мне было четырнадцать; она была очень хороша; но я боюсь описывать ее, боюсь, чтобы воображение снова не представило мне обворожительный и обманчивый образ, составившийся в нем во время моей страсти. Чтобы не ошибиться, скажу только, что она была необыкновенно бела, роскошно развита и была женщина; а мне было четырнадцать лет.

В одну из тех минут, когда, с уроком в руке, занимаешься прогулкой по комнате, стараясь ступать только по одним щелям половиц, или пением какого-нибудь несообразного мотива, или размазыванием чернил по краю стола, или повторением без всякой мысли какого-нибудь изречения – одним словом, в одну из тех минут, когда ум отказывается от работы и воображение, взяв верх, ищет впечатлений, я вышел из классной и без всякой цели спустился к площадке.

Кто-то в башмаках шел вверх по другому повороту лестницы. Разумеется, мне захотелось знать, кто это, но вдруг шум шагов замолк, и я услышал голос Маши: «Ну вас, что вы балуетесь, а как Мария Ивановна придет – разве хорошо будет?»

«Не придет», – шепотом сказал голос Володи, и вслед за этим что-то зашевелилось, как будто Володя хотел удержать ее.

«Ну, куда руки суете? Бесстыдник!» – и Маша, с сдернутой набок косынкой, из-под которой виднелась белая, полная шея, пробежала мимо меня.

Не могу выразить, до какой степени меня изумило это

открытие, однако чувство изумления скоро уступило место сочувствию поступку Володи: меня уже не удивлял самый его поступок, но то, каким образом он постиг, что приятно так поступать. И мне невольно захотелось подражать ему.

Я по целым часам проводил иногда на площадке, без всякой мысли, с напряженным вниманием прислушиваясь к малейшим движениям, происходившим на верху; но никогда не мог принудить себя подражать Володе, несмотря на то, что мне этого хотелось больше всего на свете. Иногда, притаившись за дверью, я с тяжелым чувством зависти и ревности слушал возню, которая поднималась в девичьей, и мне приходило в голову: каково бы было мое положение, ежели бы я пришел на верх и, так же как Володя, захотел бы поцеловать Машу? что бы я сказал с своим широким носом и торчавшими вихрами, когда бы она спросила у меня, чего мне нужно? Иногда я слышал, как Маша говорила Володе: «Вот наказанье! что же вы, в самом деле, пристали ко мне, идите отсюда, шалун этакой... отчего Николай Петрович никогда не ходит сюда и не дурачится...» Она не знала, что Николай Петрович сидит в эту минуту под лестницею и все на свете готов отдать, чтобы только быть на месте шалуна Володи.

Я был стыдлив от природы, но стыдливость моя еще увеличивалась убеждением в моей уродливости. А я убежден, что ничто не имеет такого разительного влияния на направление человека, как наружность его, и не столько самая наружность, сколько убеждение в привлекательности или непривлекательности ее.

Я был слишком самолюбив, чтобы привыкнуть к своему положению, утешался, как лисица, уверяя себя, что виноград еще зелен, то есть старался презирать все удовольствия, доставляемые приятной наружностью, которыми на моих глазах пользовался Володя и которым я от души завидовал, и напрягал все силы своего ума и воображения, чтобы находить наслаждения в гордом одиночестве.

Глава VII.
ДРОБЬ

– Боже мой, порох!.. – воскликнула Мими задыхающимся от волнения голосом. – Что вы делаете? Вы хотите сжечь дом, погубить всех нас...

И с неописанным выражением твердости духа Ми-ми приказала всем посторониться, большими, решительными шагами подошла к рассыпанной дроби и, презирая опасность, могущую произойти от неожиданного взрыва, начала топтать ее ногами. Когда, по ее мнению, опасность уже миновалась, она позвала Михея и приказала ему выбросить весь этот порох куда-нибудь подальше или, всего лучше, в воду и, гордо встряхивая чепцом, направилась к гостиной. «Очень хорошо за ними смотрят, нечего сказать», – проворчала она.

Когда папа пришел из флигеля и мы вместе с ним пошли к бабушке, в комнате ее уже сидела Мими около окна и с каким-то таинственно-официальным выражением грозно смотрела мимо двери. В руке ее находилось что-то завернутое в несколько бумажек. Я догадался, что это была дробь и что бабушке уже все известно.

Кроме Мими, в комнате бабушки находились еще горничная Гаша, которая, как заметно было по ее гневному, раскрасневшемуся лицу, была сильно расстроена, и доктор Блюменталь, маленький, рябоватый человечек, который тщетно старался успокоить Гашу, делая ей глазами и головой таинственные миротворные знаки.

Сама бабушка сидела несколько боком и раскладывала пасьянс – *Путешественник* , что всегда означало весьма неблагоприятное расположение духа.

– Как себя чувствуете нынче, maman? хорошо ли почивали? – сказал папа, почтительно целуя ее руку.

– Прекрасно, мой милый; вы, кажется, знаете, что я всегда совершенно здорова, – отвечала бабушка таким тоном, как будто вопрос папа был самый неуместный и оскорбительный вопрос. – Что ж, хотите вы мне дать чистый платок? – продолжала она, обращаясь к Гаше.

– Я вам подала, – отвечала Гаша, указывая на белый, как снег, батистовый платок, лежавший на ручке кресел.

– Возьмите эту грязную ветошку и дайте мне чистый, моя милая.

Гаша подошла к шифоньерке, выдвинула ящик и так сильно хлопнула им, что стекла задрожали в комнате. Бабушка грозно оглянулась на всех нас и продолжала пристально следить за всеми движениями горничной. Когда она подала ей, как мне показалось, тот же самый платок, бабушка сказала:

– Когда же вы мне натрете табак, моя милая?

– Время будет, так натру.

– Что вы говорите?

– Натру нынче.

– Ежели вы не хотите мне служить, моя милая, вы бы так и сказали: я бы давно вас отпустила.

– И отпустите, не заплачут, – проворчала вполголоса горничная.

В это время доктор начал было мигать ей; но она так гневно и решительно посмотрела на него, что он тотчас же потупился и занялся ключиком своих часов.

– Видите, мой милый, – сказала бабушка, обращаясь к папа, когда Гаша, продолжая ворчать, вышла из комнаты, – как со мной говорят в моем доме?

– Позвольте, maman, я сам натру вам табак, – сказал папа, приведенный, по-видимому, в большое затруднение этим неожиданным обращением.

– Нет уж, благодарю вас: она ведь оттого так и груба, что знает, никто, кроме нее, не умеет стереть табак, как я люблю. Вы знаете, мой милый, – продолжала бабушка после минутного молчания, – что ваши дети нынче чуть было дом не сожгли?

Папа с почтительным любопытством смотрел на бабушку.

– Да, они вот чем играют. Покажите им, – сказала она, обращаясь к Мими.

Папа взял в руки дробь и не мог не улыбнуться.

– Да это дробь, maman, – сказал он, – это совсем не опасно.

– Очень вам благодарна, мой милый, что вы меня учите, только уж я стара слишком...

– Нервы, нервы! – прошептал доктор.

И папа тотчас обратился к нам:

– Где вы это взяли? и как смеете шалить такими вещами?

– Нечего их спрашивать, а надо спросить их *дядьку*. – сказала бабушка, особенно презрительно выговаривая слово *дядька*, – что он смотрит?

– Вольдемар сказал, что сам Карл Иваныч дал ему этот порох. подхватила Мими.

– Ну вот видите, какой он хороший, – продолжала

бабушка, – и где он, этот *дядька* , как бишь его? пошлите его сюда.

– Я его отпустил в гости, – сказал папа.

– Это не резон; он всегда должен быть здесь. Дети не мои, а ваши, и я не имею права советовать вам, потому что вы умнее меня, – продолжала бабушка, – но кажется, пора бы для них нанять гувернера, а не *дядьку* , немецкого мужика. Да, глупого мужика, который их ничему научить не может, кроме дурным манерам и тирольским песням. Очень нужно, я вас спрашиваю, детям уметь петь тирольские песни. Впрочем, *теперь* некому об этом подумать, и вы можете делать, как хотите.

Слово «теперь» значило: когда у них нет матери, и вызвало грустные воспоминания в сердце бабушки, – она опустила глаза на табакерку с портретом и задумалась.

– Я давно уже думал об этом, – поспешил сказать папа, – и хотел посоветоваться с вами, maman: не пригласить ли нам St.-Jérôme'а, который теперь по билетам дает им уроки?

– И прекрасно сделаешь, мой друг, – сказала бабушка уже не тем недовольным голосом, которым говорила прежде, – St.- Jérôme по крайней мере gouverneur, который поймет, как нужно вести des enfants de bonne maison¹, а не простой menin *дядька* , который годен только на то, чтобы водить их гулять.

– Я завтра же поговорю с ним, – сказал папа. И действительно, через два дня после этого разговора Карл Иваныч уступил свое место молодому щеголю французу.

Глава VIII.
ИСТОРИЯ КАРЛА ИВАНЫЧА

Поздно вечером накануне того дня, в который Карл Иваныч должен был навсегда уехать от нас, он стоял в своем ваточном халате и красной шапочке подле кровати и, нагнувшись над чемоданом, тщательно укладывал в него свои вещи.

Обращение с нами Карла Иваныча в последнее время было как-то особенно сухо: он как будто избегал всяких с нами сношений. Вот и теперь, когда я вошел в комнату, он взглянул на меня исподлобья и снова принялся за дело. Я

---

1 детей из хорошей семьи

прилег на свою постель, но Карл Иваныч, прежде строго запрещавший делать это, ничего не сказал мне, и мысль, что он больше не будет ни бранить, ни останавливать нас, что ему нет теперь до нас никакого дела, живо припомнила мне предстоящую разлуку. Мне стало грустно, что он разлюбил нас, и хотелось выразить ему это чувство.

– Позвольте, я помогу вам, Карл Иваныч, – сказал я, подходя к нему.

Карл Иваныч взглянул на меня и снова отвернулся, но в беглом взгляде, который он бросил на меня, я прочел не равнодушие, которым объяснял его холодность, но искреннюю, сосредоточенную печаль.

– Бог все видит и все знает, и на все его святая воля, – сказал он, выпрямляясь во весь рост и тяжело вздыхая. – Да, Николенька, – продолжал он, заметив выражение непритворного участия, с которым я смотрел на него, – моя судьба быть несчастливым с самого моего детства и по гробовую доску. Мне всегда платили злом за добро, которое я делал людям, и моя награда не здесь, а оттуда, – сказал он, указывая на небо. – Когда б вы знали мою историю и все, что я перенес в этой жизни!.. Я был сапожник, я был солдат, я был *дезертир*, я был фабрикант, я был учитель, и теперь я нуль! и мне, как сыну Божию, некуда преклонить свою голову, – заключил он и, закрыв глаза, опустился в свое кресло.

Заметив, что Карл Иваныч находился в том чувствительном расположении духа, в котором он, не обращая внимания на слушателей, высказывал для самого себя свои задушевные мысли, я, молча и не спуская глаз с его доброго лица, сел на кровать.

– Вы не дитя, вы можете понимать. Я вам скажу свою историю и все, что я перенес в этой жизни. Когда-нибудь вы вспомните старого друга, который вас очень любил, дети!..

Карл Иваныч облокотился рукою о столик, стоявший подле него, понюхал табаку и, закатив глаза к небу, тем особенным, мерным горловым голосом, которым он обыкновенно диктовал нам, начал так свое повествование:

– *Я был нешаслив ишо во чрева моей матрри*. Das Unglück verfolgte mich schon im Scosse meiner Mutter! – повторил он еще с большим чувством.

Так как Карл Иваныч не один раз, в одинаковом порядке, одних и тех же выражениях и с постоянно неизменяемыми интонациями, рассказывал мне впоследствии свою историю, я надеюсь передать ее почти слово в слово; разумеется, исключая неправильности языка, о которой читатель может судить по первой фразе Была ли это действительно его история или произведение фантазии, родившееся во время его одинокой жизни в нашем доме, которому он и сам начал верить от частого повторения, или он только украсил фантастическими фактами действительные события своей жизни – не решил еще я до сих пор. С одной стороны, он с слишком живым чувством и методическою последовательностью, составляющими главные признаки правдоподобности, рассказывал свою историю, чтобы можно было не верить ей; с другой стороны, слишком много было поэтических красот в его истории; так что именно красоты эти вызывали сомнения.

«В жилах моих течет благородная кровь графов фон Зомерблат! In meinen Adern fliest das edle Blut des Grafen von Sommerblat! Я родился шесть недель после сватьбы. Муж моей матери (я звал его папенька) был арендатор у графа Зомерблат. Он не мог позабыть стыда моей матери и не любил меня. У меня был маленький брат Johann и две сестры; но я был чужой в своем собственном семействе! Ich war ein Fremder in meiner eigenen Familie! Когда Johann делал глупости, папенька говорил: „С этим ребенком Карлом мне не будет минуты покоя!", меня бранили и наказывали. Когда сестры сердились между собой, папенька говорил: „Карл никогда не будет послушный мальчик!", меня бранили и наказывали. Одна моя добрая маменька любила и ласкала меня. Часто она говорила мне: „Карл подите сюда, в мою комнату", и она потихоньку целовала меня. „Бедный, бедный Карл! – сказала она, – никто тебя не любит, но я ни на кого тебя не променяю. Об одном тебя просит твоя маменька, – говорила она мне, – учись хорошенько и будь всегда честным человеком, Бог не оставит тебя! Trachte nur ein ehrlicher Deutscher zu werden, – sagte sie, – und der liebe Gott wird dich nicht verlassen! И я старался. Когда мне минуло четырнадцать лет и я мог идти к причастию, моя маменька сказала моему папеньке „Карл стал большой мальчик, Густав; что мы будем с ним делать?" И папенька сказал: „Я не знаю" Тогда маменька сказала: „Отдадим его в город к господину Шульц, пускай он будет сапожник!", и папенька сказал: „Хорошо", und mein Vater sagte „gut". Шесть лет и семь месяцев я жил в городе у сапожного мастера, и хозяин любил меня. Он сказал: «Карл хороший работник, и скоро он будет моим Geselle"[1], но... человек предполагает, а Бог располагает... в 1796 году была назначена Conscription[2], и все, кто мог служить, от восемнадцати до двадцать первого года, должны были собраться в город.

Папенька и брат Johann приехали в город, и мы вместе пошли бросить Loos[3], кому быть Soldat и кому не быть Soldat. Johann вытащил дурной нумеро – он должен быть Soldat, я вытащил хороший нумеро – я не должен быть Soldat. И папенька сказал: «У меня был один сын, и с тем я должен расстаться! Ich hatte einen einzigen Sohn und von diesem muss ich mih trennen!»

Я взял его за руку и сказал: «Зачем вы сказали так, папенька? Пойдемте со мной, я вам скажу что-нибудь». И папенька пошел. Папенька пошел, и мы сели в трактир за маленький столик. «Дайте нам пару Bierkrug»[4], – я сказал, и нам принесли. Мы выпили по стаканчик, и брат Johann тоже выпил.

– Папенька! – я сказал, – не говорите так, что «у вас был один сын, и вы с тем должны расстаться», у меня сердце хочет выпрыгнуть, когда я этого слышу. Брат Johann не будет служить – я буду Soldat!.. Карл здесь никому не нужен, и Карл будет Soldat.

– Вы честный человек, Карл Иваныч! – сказал мне папенька и поцеловал меня. – Du bist ein braver Bursche! – sagte mir mein Vater und küsste mich.

И я был Soldat!»

Глава X.
ПРОДОЛЖЕНИЕ ПРЕДЫДУЩЕЙ

«Тогда было страшное время, Николенька, – продолжал Карл Иваныч, – тогда был Наполеон. Он хотел завоевать Германию, и мы защищали свое отечество до последней капли крови! und wir verteidigten unser Vaterland bis auf den

---

1 подмастерьем
2 рекрутский набор
3 жребий
4 кружек пива

letzten Tropfen Blut!

Я был под Ульм, я был под Аустерлиц! я был под Ваграм! ich war bei Wagram!»

– Неужели вы тоже воевали? – спросил я, с удивлением глядя на него. – Неужели вы тоже убивали людей?

Карл Иваныч тотчас же успокоил меня на этот счет.

«Один раз французский Grenadir отстал от своих и упал на дороге. Я прибежал с ружьем и хотел проколоть его, aber der Franzose warf sein Gewehr und rief pardon[1], и я пустил его!

Под Ваграм Наполеон загнал нас на остров и окружил так, что никуда не было спасенья. Трое суток у нас не было провианта, и мы стояли в воде по коленки. Злодей Наполеон не брал и не пускал нас! und der Bösewicht Napoleon wollte uns nicht gefangen nehmen und auch nicht freilassen!

На четвертые сутки нас, слава Богу, взяли в плен и отвели в крепость. На мне был синий панталон, мундир из хорошего сукна, пятнадцать талеров денег и серебряные часы – подарок моего папеньки. Французский Soldat все взял у меня. На мое счастье, у меня было три червонца, которые маменька зашила мне под фуфайку. Их никто не нашел!

В крепости я не хотел долго оставаться и решился бежать. Один раз, в большой праздник, я сказал сержанту, который смотрел за нами: «Господин сержант, нынче большой праздник, я хочу вспомнить его. Принесите, пожалуйста, две бутылочки мадер, и мы вместе выпьем ее». И сержант сказал: «Хорошо». Когда сержант принес мадер и мы выпили по рюмочке, я взял его за руку и сказал: «Господин сержант, может быть, у вас есть отец и мать?..» Он сказал: «Есть, господин Мауер...» – «Мой отец и мать, – я сказал, – восемь лет не видали меня и не знают, жив ли я или кости мои давно лежат в сырой земле. О господин сержант! у меня есть два червонца, которые были под моей фуфайкой, возьмите их и пустите меня. Будьте моим благодетелем, и моя маменька всю жизнь будет молить за вас всемогущего Бога».

Сержант выпил рюмочку мадеры и сказал: «Господин Мауер, я очень люблю и жалею вас, но вы пленный, а я Soldat!» Я пожал его за руку и сказал: «Господин сержант!» Ich drü;kte ihm die Hand und sagte: «Herr Sergeant!»

И сержант сказал: «Вы бедный человек, и я не возьму ваши деньги, но помогу вам. Когда я пойду спать, купите

---

[1] но француз бросил свое ружье и запросил пардону

ведро водки солдатам, и они будут спать. Я не буду смотреть на вас».

Он был добрый человек. Я купил ведро водки, и когда Soldat были пьяны, я надел сапоги, старый шинель и потихоньку вышел за дверь. Я пошел на вал и хотел прыгнуть, но там была вода, и я не хотел спортить последнее платье: я пошел в ворота.

Часовой ходил с ружьем auf und ab[1] и смотрел на меня. «Qui vive?» – sagte er auf einmal[2], и я молчал. «Qui vive?» – sagte er zum weiten Mal, и я молчал, «Qui vive?» – sagte er zum dritten Mal, *и я бегал. Я пригнул в вода, влезал на другой сторона и пустил* . Ich sprang in's Wasser, kletterte auf die andere Seite und machte mich aus dem Staube.

Целую ночь я бежал по дороге, но когда рассвело, я боялся, чтобы меня не узнали, и спрятался в высокую рожь, там я стал на коленки, сложил руки, поблагодарил отца небесного за свое спасение и с покойным чувством заснул. Ich dankte dem Allmächtigen Gott für seine Barmherzigkeit und mit beruhigtem Gefühl schlief ich ein.

Я проснулся вечером и пошел дальше. Вдруг большая немецкая фура в две вороные лошади догнала меня. В фуре сидел хорошо одетый человек, курил трубочку и смотрел на меня. Я пошел потихоньку, чтобы фура обогнала меня, но я шел потихоньку, и фура ехала потихоньку, и человек смотрел на меня; я шел поскорее, и фура ехала поскорее, и человек смотрел на меня. Я сел на дороге; человек остановил своих лошадей и смотрел на меня. «Молодой человек, – он сказал, – куда вы идете так поздно?» Я сказал: «Я иду в Франкфурт». – «Садитесь в мою фуру, место есть, и я довезу вас… Отчего у вас ничего нет с собой, борода ваша не брита и платье ваше в грязи?» – сказал он мне, когда я сел с ним. «Я бедный человек, – я сказал, – хочу наняться где-нибудь на *фабрик* ; а платье мое в грязи оттого, что я упал на дороге». – «Вы говорите неправду, молодой человек, – сказал он, – по дороге теперь сухо».

И я молчал.

– Скажите мне всю правду, – сказал мне добрый человек, – кто вы и откуда идете? лицо ваше мне понравилось, и ежели вы честный человек, я помогу вам.

---

1 взад и вперед
2 «Кто идет?» – спросил он вдруг

И я все сказал ему. Он сказал: «Хорошо, молодой человек, поедемте на мою канатную фабрик. Я дам вам работу, платье, деньги, и вы будете жить у меня».

И я сказал: «Хорошо».

Мы приехали на канатную фабрику, и добрый человек сказал своей жене: «Вот молодой человек, который сражался за свое отечество и бежал из плена; у него нет ни дома, ни платья, ни хлеба. Он будет жить у меня. Дайте ему чистое белье и покормите его».

Я полтора года жил на канатной фабрике, и мой хозяин так полюбил меня, что не хотел пустить. И мне было хорошо. Я был тогда красивый мужчина, я был молодой, высокий рост, голубые глаза, римский нос... и Madame L... (я не могу сказать ее имени), жена моего хозяина, была молоденькая, хорошенькая дама. И она полюбила меня.

Когда она *видела* меня, она сказала: «Господин Мауер, как вас зовет ваша маменька?» Я сказал: «Karlchen».

И она сказала: «Karlchen! сядьте подле меня».

Я сел подле ней, и она сказала: «Karlchen! поцелуйте меня».

Я его поцеловал, и он сказал: «Karlchen! я так люблю вас, что не могу больше терпеть», – и он весь задрожал».

Тут Карл Иваныч сделал продолжительную паузу и, закатив свои добрые голубые глаза, слегка покачивая головой, принялся улыбаться так, как улыбаются люди под влиянием приятных воспоминаний.

«Да, – начал он опять, поправляясь в кресле и запахивая свой халат, – много я испытал и хорошего и дурного в своей жизни; но вот мой свидетель, – сказал он, указывая на шитый по канве образок спасителя, висевший над его кроватью, – никто не может сказать, чтоб Карл Иваныч был нечестный человек! Я не хотел черной неблагодарностью платить за добро, которое мне сделал господин L..., и решился бежать от него. Вечерком, когда все шли спать, я написал письмо своему хозяину и положил его на столе в своей комнате, взял свое платье, три талер денег и потихоньку вышел на улицу. Никто не видал меня, и я пошел по дороге».

Глава X.
ПРОДОЛЖЕНИЕ

«Я девять лет не видал своей маменьки и не знал, жива ли она, или кости ее лежат уже в сырой земле. Я пошел в свое отечество. Когда я пришел в город, я спрашивал, где живет Густав Мауер, который был арендатором у графа Зомерблат? И мне сказали: «Граф Зомерблат умер, и Густав Мауер живет теперь в большой улице и держит лавку *ликер*». Я надел свой новый жилет, хороший сюртук – подарок фабриканта, хорошенько причесал волосы и пошел в ликерную лавку моего папеньки. Сестра Mariechen сидела в лавочке и спросила, что мне нужно? Я сказал: «Можно выпить рюмочку ликер?» – и она сказала: «Vater!»[1] молодой человек просит рюмочку ликер». И папенька сказал: «Подай молодому человеку рюмочку ликер». Я сел подле столика, пил свою рюмочку ликер, курил трубочку и смотрел на папеньку, Mariechen и Johann, который тоже вошел в лавку. Между разговором папенька сказал мне: «Вы, верно, знаете, молодой человек, где стоит теперь наше *арме*». Я сказал: «Я сам иду из *арме*, и она стоит подле Wien[2]». – «Наш сын, – сказал папенька, – был Soldat, и вот девять лет он не писал нам и мы не знаем, жив он или умер. Моя жена всегда плачет об нем...» Я курил свою трубочку и сказал: «Как звали вашего сына и где он служил? может быть, я знаю его...» – «Его звали Карл Мауер, и он служил в австрийских егерях», – сказал мой папенька. «Он высокий ростом и красивый мужчина, как вы», – сказала сестра Mariechen. Я сказал: «Я знаю вашего Karl». – «Amalia! sagte auf einmal mein Vater[3], – подите сюда, здесь есть молодой человек, он знает нашего Karl». *И мое милы маменька выходит из задня дверью. Я сейчас узнал его. «Вы знаете наша Karl», – он сказал, посмотрил на мене, и, весь бледный, за...дро...жал!..* «Да, я видел его», – я сказал и не смел поднять глаза на нее; сердце у меня *пригнуть* хотело. «Karl мой жив! – сказала маменька. – Слава Богу! Где он, мой милый Karl? Я бы умерла спокойно, ежели бы еще раз посмотреть на него, на моего любимого сына; но Бог не хочет этого», – и *он заплакал... Я не мог терпейть* ... «Маменька! – я сказал, – я ваш

---

1 Отец
2 Вена.
3 сказал вдруг мой отец

Карл!» *И он упал мне на рука ...»*

Карл Иваныч закрыл глаза, и губы его задрожали. «Mutter! - sagte ich, - ich bin ihr Sohn, ich bin ihr Karl! und sie stürzte mir in die Arme»[1], - повторил он, успокоившись немного и утирая крупные слезы, катившиеся по его щекам. «Но Богу не угодно было, чтобы я кончил дни на своей родине. Мне суждено было несчастие! das Unglük verfolgte mih überall!..[2] Я жил на своей родине только три месяца. В одно воскресенье я был в кофейном доме, купил кружку пива, курил свою трубочку и разговаривал с своими знакомыми про Politik, про императора Франц, про Napoleon, про войну, и каждый говорил свое мнение. Подле нас сидел незнакомый господин в сером Uberrock [3], пил кофе, курил трубочку и ничего не говорил с нами. Er rauchte sein Pfeifchen und schwieg still. Когда Nachtwächter [4] прокричал десять часов, я взял свою шляпу, заплатил деньги и пошел домой. В половине ночи кто-то застучал в двери. Я проснулся и сказал: «Кто там?» – «Macht auf!» [5]. Я сказал: «Скажите, кто там, и я отворю». Ich sagte: «Sagt, wer ihr seid, und ich werde aufmachen». – «Macht auf im Namen des Gesetzes!» [6] – сказал за дверью. И я отворил. Два Soldat с ружьями стояли за дверью, и в комнату вошел незнакомый человек в сером Uberrock[7], который сидел подле нас в кофейном доме. Он был шпион! Er war ein Spion!.. «Пойдемте со мной!» – сказал шпион. «Хорошо», – я сказал... Я надел сапоги und Pantalon, надевал подтяжки и ходил по комнате. В сердце у меня кипело; я сказал: «Он подлец!» Когда я подошел к стенке, где висела моя шпага, я вдруг схватил ее и сказал: *«Ты шпион; защищайся! Du bist ein Spion; verteidige dich!»* Ich gab ein Hieb [8] направо, ein Hieb налево и один на галава. Шпион упал! Я схватил чемодан и деньги и прыгнул за окошко. Ich nahm meinen Mantelsack und Beutel und sprang zum

---

1 Маменька! – сказал я, – я ваш сын Карл! – и она бросилась в мои объятия

2 несчастье повсюду меня преследовало!..

3 сюртуке

4 ночной сторож

5 Отворите!

6 Отворите именем закона!

7 сюртуке

8 Я нанес один удар

Fenster hinaus. Ich kat nach Ems [1], там я познакомился с *енерал Сазин* . Он полюбил меня, достал у посланника паспорт и взял меня с собой в Россию учить детей. Когда *енерал Сазин* умер, ваша маменька позвала меня к себе. Она сказала: «Карл Иваныч! отдаю вам своих детей, любите их, и я никогда не оставлю вас, я успокою вашу старость». Теперь ее не стало, и все забыто. За свою двадцатилетнюю службу я должен теперь, на старости лет, идти на улицу искать свой черствый кусок хлеба... *Бог сей видит и сей знает, и на сей его святое воля, только вас жалько мне, детьи!* » – заключил Карл Иваныч, притягивая меня к себе за руку и целуя в голову.

Глава XI.
ЕДИНИЦА

По окончании годичного траура бабушка оправилась несколько от печали, поразившей ее, и стала изредка принимать гостей, в особенностей детей – наших сверстников и сверстниц.

В день рождения Любочки, 13 декабря, еще перед обедом приехали к нам княгиня Корнакова с дочерьми, Валахина с Сонечкой, Иленька Грап и два меньших брата Ивиных.

Уже звуки говора, смеху и беготни долетали к нам снизу, где собралось все это общество, но мы не могли присоединиться к нему прежде окончания утренних классов. На таблице, висевшей в классной, значилось: Lundi, de 2 a 3, Maitre d'Histoire et de Geographic[2], и вот этого-то Maitre d'Histoire мы должны были дождаться, выслушать и проводить, прежде чем быть свободными. Было уже двадцать минут третьего, а учителя истории не было еще ни слышно, ни видно даже на улице, по которой он должен был прийти и на которую я смотрел с сильным желанием никогда не видать его.

– Кажется, Лебедев нынче не придет, – сказал Володя, отрываясь на минуту от книги Смарагдова, по которой он готовил урок.

– Дай Бог, дай Бог... а то я ровно ничего не знаю, однако, кажется, вон он идет, – прибавил я печальным голосом.

---

1 Я пришел в Эмс
2 Понедельник от 2 до 3 – учитель истории и географии

Володя встал и подошел к окну.

– Нет, это не он, это какой-то *барин* , – сказал он. – Подождем еще до половины третьего, – прибавил он, потягиваясь и в то же время почесывая маковку, как он это обыкновенно делал, на минуту отдыхая от занятий. – Ежели не придет и в половине третьего, тогда можно будет сказать St.-Jérôme'у, чтобы убрать тетради.

– И охота ему хо-о-о-о-дить, – сказал я, тоже потягиваясь и потрясая над головой книгу Кайданова, которую держал в обеих руках.

От нечего делать я раскрыл книгу на том месте, где был задан урок, и стал прочитывать его. Урок был большой и трудный, я ничего не знал и видел, что уже никак не успею хоть что-нибудь запомнить из него, тем более что находился в том раздраженном состоянии, в котором мысли отказываются остановиться на каком бы то ни было предмете.

За прошедший урок истории, которая всегда казалась мне самым скучным, тяжелым предметом, Лебедев жаловался на меня St.-Jérôme'у и в тетради баллов поставил мне два, что считалось очень дурным. St.- Jérôme Jérôme сказал мне, что ежели в следующий урок я получу меньше трех, то буду строго наказан. Теперь-то предстоял этот следующий урок, и, признаюсь, я сильно трусил.

Я так увлекся перечитыванием незнакомого мне урока, что послышавшийся в передней стук снимания калош внезапно поразил меня. Едва успел я оглядеться, как в дверях показалось рябое, отвратительное для меня лицо и слишком знакомая неуклюжая фигура учителя в синем застегнутом фраке с учеными пуговицами.

Учитель медленно положил шапку на окно, тетради на стол, раздвинул обеими руками фалды своего фрака (как будто это было очень нужно) и, отдуваясь, сел на свое место.

– Ну-с, господа, – сказал он, потирая одну о другую свои потные руки, – пройдемте-с сперва то, что было сказано в прошедший класс, а потом я постараюсь познакомить вас с дальнейшими событиями средних веков.

Это значило: сказывайте уроки.

В то время как Володя отвечал ему с свободой и уверенностью, свойственной тем, кто хорошо знает предмет, я без всякой цели вышел на лестницу, и так как вниз нельзя мне было идти, весьма естественно, что я незаметно для самого себя очутился на площадке. Но только что я хотел поместиться на обыкновенном посте своих наблюдений – за дверью, как вдруг Мими, всегда бывшая причиною моих несчастий, наткнулась на меня. «Вы здесь?» – сказала она, грозно посмотрев на меня, потом на дверь девичьей и потом опять на меня.

Я чувствовал себя кругом виноватым – и за то, что был не в классе, и за то, что находился в таком неуказанном месте, поэтому молчал и, опустив голову, являл в своей особе самое трогательное выражение раскаяния.

– Нет, это уж ни на что не похоже! – сказала Мими. – Что вы здесь делали? – Я помолчал. – Нет, это так не останется, – повторила она, постукивая щиколками пальцев о перила лестницы, – я все расскажу графине.

Было уже без пяти минут три, когда я вернулся в класс. Учитель, как будто не замечая ни моего отсутствия, ни моего присутствия, объяснял Володе следующий урок. Когда он, окончив свои толкования, начал складывать тетради и Володя вышел в другую комнату, чтобы принести билетик, мне пришла отрадная мысль, что все кончено и про меня забудут.

Но вдруг учитель с злодейской полуулыбкой обратился ко мне.

– Надеюсь, вы выучили свой урок-с, – сказал он, потирая руки.

– Выучил-с, – отвечал я.

– Потрудитесь мне сказать что-нибудь о крестовом походе Людовика Святого, – сказал он, покачиваясь на стуле и задумчиво глядя себе под ноги. – Сначала вы мне скажете о причинах, побудивших ко, роля французского взять крест, – сказал он, поднимая брови и указывая пальцем на чернильницу, – потом объясните мне общие характеристические черты этого похода, – прибавил он, делая всей кистью движение такое, как будто хотел поймать что-нибудь, – и наконец влияние этого похода на европейские государства вообще, – сказал он, ударяя тетрадями по левой стороне стола, – и на французское королевство в особенности, – заключил он, ударяя по правой стороне стола и склоняя голову направо.

Я проглотил несколько раз слюни, прокашлялся,

склонил голову набок и молчал. Потом, взял перо, лежавшее на столе, начал обрывать его и все молчал.

– Позвольте перышко, – сказал мне учитель, протягивая руку. – Оно пригодится. Ну-с.

– Людо... кар... Лудовик Святой был... был... был... добрый и умный царь...

– Кто-с?

– Царь. Он вздумал пойти в Иерусалим и *передал бразды правления* своей матери.

– Как ее звали-с?

– Б...б...ланка.

– Как-с? буланка?

Я усмехнулся как-то криво и неловко.

– Ну-с, не знаете ли еще чего-нибудь? – сказал он с усмешкой.

Мне нечего было терять, я прокашлялся и начал врать все, что только мне приходило в голову. Учитель молчал, сметая со стола пыль перышком, которое он У меня отнял, пристально смотрел мимо моего уха и приговаривал: «Хорошо-с, очень хорошо-с». Я чувствовал, что ничего не знаю, выражаюсь совсем не так, как следует, и мне страшно больно было видеть, что учитель не останавливает и не поправляет меня.

– Зачем же он вздумал идти в Иерусалим? – сказал он, повторяя мои слова.

– Затем... потому... оттого, затем что...

Я решительно замялся, не сказал ни слова больше и чувствовал, что ежели этот злодей-учитель хоть год целый будет молчать и вопросительно смотреть на меня, я все-таки не в состоянии буду произнести более ни одного звука. Учитель минуты три смотрел на меня, потом вдруг проявил в своем лице выражение глубокой печали и чувствительным голосом сказал Володе, который в это время вошел в комнату.

– Позвольте мне тетрадку: проставить баллы.

Володя подал ему тетрадь и осторожно положил билетик подле нее.

Учитель развернул тетрадь и, бережно обмакнув перо, красивым почерком написал Володе пять в графе успехов и поведения. Потом, остановив перо над графою, в которой означались мои баллы, он посмотрел на меня, стряхнул чернила и задумался.

Вдруг рука его сделала чуть заметное движение, и в графе появилась красиво начерченная единица и точка; другое движение – и в графе поведения другая единица и точка.

Бережно сложив тетрадь баллов, учитель встал и подошел к двери, как будто не замечая моего взгляда, в котором выражались отчаяние, мольба и упрек.

– Михаил Ларионыч! – сказал я.

– Нет, – отвечал он, понимая уже, что я хотел сказать ему, – так нельзя учиться. Я не хочу даром денег брать.

Учитель надел калоши, камлотовую шинель, с большим тщанием повязался шарфом. Как будто можно было о чем-нибудь заботиться после того, что случилось со мной? Для него движение пера, а для меня величайшее несчастие.

– Класс кончен? – спросил St.-Jérôme, входя в комнату.

– Да.

– Учитель доволен вами?

– Да, – сказал Володя.

– Сколько вы получили?

– Пять.

– A Nikolas?

Я молчал.

– Кажется, четыре, – сказал Володя. Он понимал, что меня нужно спасти хотя на нынешний день.

Пускай накажут, только бы не нынче, когда у нас гости.

– Voyons, messieurs! [1] (St.- Jérôme имел привычку ко всякому слову говорить: voyons) faites votre toilette et descendons [2].

Глава XII.
КЛЮЧИК

Едва успели мы, сойдя вниз, поздороваться со всеми гостями, как нас позвали к столу. Папа был очень весел (он был в выигрыше в это время), подарил Любочке дорогой серебряный сервиз и за обедом вспомнил, что у него во флигеле осталась еще бонбоньерка, приготовленная для именинницы.

– Чем человека посылать, поди-ка лучше ты, Ко-ко, –

---

1 Ну же, господа!

2 займитесь вашим туалетом, и идемте вниз

сказал он мне. – Ключи лежат на большом столе в раковине, знаешь?.. Так возьми их и самым большим ключом отопри второй ящик направо. Там найдешь коробочку, конфеты в бумаге и принесешь все сюда.

– А сигары принести тебе? – спросил я, зная, что он всегда после обеда посылал за ними.

– Принеси, да смотри у меня – ничего не трогать! – сказал он мне вслед.

Найдя ключи на указанном месте, я хотел уже отпирать ящик, как меня остановило желание узнать, какую вещь отпирал крошечный ключик, висевший на той же связке.

На столе, между тысячью разнообразных вещей, стоял около перилец шитый портфель с висячим замочком, и мне захотелось попробовать, придется ли к нему маленький ключик. Испытание увенчалось полным успехом, портфель открылся, и я нашел в нем целую кучу бумаг. Чувство любопытства с таким убеждением советовало мне узнать, какие были эти бумаги, что я не успел прислушаться к голосу совести и принялся рассматривать то, что находилось в портфеле.

Детское чувство безусловного уважения ко всем старшим, и в особенности к папа, было так сильно во мне, что ум мой бессознательно отказывался выводить какие бы то ни было заключения из того, что я видел. Я чувствовал, что папа должен жить в сфере совершенно особенной, прекрасной, недоступной и не постижимой для меня, и что стараться проникать тайны его жизни было бы с моей стороны чем-то вроде святотатства.

Поэтому открытия, почти нечаянно сделанные мною в портфеле папа, не оставили во мне никакого ясного понятия, исключая темного сознания, что я поступил нехорошо. Мне было стыдно и неловко.

Под влиянием этого чувства я как можно скорее хотел закрыть портфель, но мне, видно, суждено было испытать всевозможные несчастия в этот достопамятный день: вложив ключик в замочную скважину, я повернул его не в ту сторону, воображая, что замок заперт, я вынул ключ, и – о ужас! – у меня в руках была только головка ключика. Тщетно я старался соединить ее с оставшейся в замке половиной и посредством какого-то волшебства высвободить ее оттуда; надо было наконец привыкнуть к ужасной мысли, что я совершил новое преступление, которое нынче же по возвращении папа в кабинет должно будет открыться.

Жалоба Мими, единица и ключик! Хуже ничего не могло со мной случиться. Бабушка – за жалобу Мими, St.- Jérôme – за единицу, папа – за ключик... и все это обрушится на меня не позже как нынче вечером.

– Что со мной будет?! А-а-ах! что я наделал?! – говорил я вслух, прохаживаясь по мягкому ковру кабинета. – Э! – сказал я сам себе, доставая конфеты и сигары, – *чему быть, тому не миновать* ... – и побежал в дом.

Это фаталистическое изречение, в детстве подслушанное мною у Николая, во все трудные минуты моей жизни производило на меня благотворное, временно успокоивающее влияние. Входя в залу, я находился в несколько раздраженном и неестественном, но чрезвычайно веселом состоянии духа.

Глава XIII.
ИЗМЕННИЦА

После обеда начались petits jeux, и я принимал в них живейшее участие. Играя в «кошку-мышку», как-то неловко разбежавшись на гувернантку Корнаковых, которая играла с нами, я нечаянно наступил ей на платье и оборвал его. Заметив, что всем девочкам, и в особенности Сонечке, доставляло большое удовольствие видеть, как гувернантка с расстроенным лицом пошла в девичью зашивать свое платье, я решился доставить им это удовольствие еще раз. Вследствие такого любезного намерения, как только гувернантка вернулась в комнату, я принялся галопировать вокруг нее и продолжал эти эволюции до тех пор, пока не нашел удобной минуты снова зацепить каблуком за ее юбку и оборвать. Сонечка и княжны едва могли удержаться от смеха, что весьма приятно польстило моему самолюбию; но St.- Jérôme, заметив, должно быть, мои проделки, подошел ко мне и, нахмурив брови (чего я терпеть не мог), сказал, что я, кажется, не к добру развеселился и что ежели я не буду скромнее, то, несмотря на праздник, он заставит меня раскаяться.

Но я находился в раздраженном состоянии человека, проигравшего более того, что у него есть в кармане, который боится счесть свою запись и продолжает ставить отчаянные карты уже без надежды отыграться, а только для того, чтобы не давать самому себе времени опомниться. Я дерзко улыбнулся и ушел от него.

После «кошки-мышки» кто-то затеял игру, которая называлась у нас, кажется, – *Lange Nase* [1]. Сущность игры состояла в том, что ставили два ряда стульев, один против другого, и дамы и кавалеры разделялись на две партии и по переменкам выбирали одна другую.

Младшая княжна каждый раз выбирала меньшого Ивина, Катенька выбирала или Володю, или Иленьку, а Сонечка каждый раз Сережу и нисколько не стыдилась, к моему крайнему удивлению, когда Сережа прямо шел и садился против нее. Она смеялась своим милым звонким смехом и делала ему головкой знак, что он угадал. Меня же никто не выбирал. К крайнему оскорблению моего самолюбия, я понимал, что я лишний, *остающийся* , что про меня всякий раз должны были говорить: *»Кто еще остается?» – «Да Николенька; ну вот ты его и возьми»*. Поэтому, когда мне приходилось выходить, я прямо подходил или к сестре, или к одной из некрасивых княжон и, к несчастию, никогда не ошибался. Сонечка же, казалось, так была занята Сережей Ивиным, что я не существовал для нее вовсе. Не знаю, на каком основании называл я ее мысленно *изменницею* , так как она никогда не давала мне обещания выбирать меня, а не Сережу; но я твердо был убежден, что она самым гнусным образом поступила со мною.

После игры я заметил, что *изменница* , которую я презирал, но с которой, однако, не мог спустить глаз, вместе с Сережей к Катеньке отошли в угол и о чем-то таинственно разговаривали. Подкравшись из-за фортепьян, чтобы открыть их секреты, я увидал следующее: Катенька держала за два конца батистовый платочек в виде ширм, заслоняя им головы Сережи и Сонечки. «Нет, проиграли, теперь расплачивайтесь!» – говорил Сережа. Сонечка, опустив руки, стояла перед ним точно виноватая и, краснея, говорила: «Нет, я не проиграла, не правда ли, mademoiselle Catherine». – «Я люблю правду, – отвечала Катенька, – проиграла пари, ma chère».

Едва успела Катенька произнести эти слова, как Сережа

---

1 Длинный нос

нагнулся и поцеловал Сонечку. Так прямо и поцеловал в ее розовые губки. И Сонечка засмеялась, как будто это ничего, как будто это очень весело. Ужасно!!! О, *коварная изменница* !

Глава XIV.
ЗАТМЕНИЕ

Я вдруг почувствовал презрение ко всему женскому полу вообще и к Сонечке в особенности; начал уверять себя, что ничего веселого нет в этих играх, что они приличны только *девчонкам* , и мне чрезвычайно захотелось буянить и сделать какую-нибудь такую молодецкую штуку, которая бы всех удивила. Случай не замедлил представиться.

St.-Jérôme, поговорив о чем-то с Мими, вышел из комнаты; звуки его шагов послышались сначала на лестнице, а потом над нами, по направлению классной. Мне пришла мысль, что Мими сказала ему, где она видела меня во время класса, и что он пошел посмотреть журнал. Я не предполагал в это время у St.-Jérôme'a другой цели в жизни, как желания наказать меня. Я читал где-то, что дети от двенадцати до четырнадцати лет, то есть находящиеся в переходном возрасте отрочества, бывают особенно склонны к поджигательству и даже убийству. Вспоминая свое отрочество и особенно то состояние духа, в котором я находился в этот несчастный для меня день, я весьма ясно понимаю возможность самого ужасного преступления без цели, без желания вредить, но гак – из любопытства, из бессознательной потребности деятельности. Бывают минуты, когда будущее представляется человеку в столь мрачном свете, что он боится останавливать на нем свои умственные взоры, прекращает в себе совершенно деятельность ума и старается убедить себя, что будущего не будет и прошедшего не было. В такие минуты, когда мысль не обсуживает вперед каждого определения воли, а единственными пружинами жизни остаются плотские инстинкты, я понимаю, что ребенок, по неопытности, особенно склонный к такому состоянию, без малейшего колебания и страха, с улыбкой любопытства, раскладывает и раздувает огонь под собственным домом, в котором спят его братья, отец, мать, которых он нежно любит. Под влиянием этого же временного отсутствия мысли – рассеянности почти – крестьянский парень лет семнадцати, осматривая лезвие только что отточенного топора подле лавки, на которой лицом вниз спит его старик отец, вдруг размахивается топором и с тупым любопытством смотрит, как сочится под лавку кровь из разрубленной шеи, под влиянием этого же отсутствия мысли и инстинктивного любопытства человек находит какое-то наслаждение остановиться на самом краю обрыва и думать: а что, если туда броситься? или приставить ко лбу заряженный пистолет и думать: а что, ежели пожать гашетку? или смотреть на какое-нибудь очень важное лицо, к которому все общество чувствует подобострастное уважение, и думать: а что, ежели подойти к нему, взять его за нос и сказать: «А ну-ка, любезный, пойдем»?

Под влиянием такого же внутреннего волнения и отсутствия размышления, когда St.- Jérôme сошел вниз и сказал мне, что я не имею права здесь быть нынче за то, что так дурно вел себя и учился, чтобы я сейчас же шел на верх, я показал ему язык и сказал, что не пойду отсюда.

В первую минуту St.- Jérôme не мог слова произнести от удивления и злости.

– C'est bien [1], – сказал он, догоняя меня, – я уже несколько раз обещал вам наказание, от которого вас хотела избавить ваша бабушка; но теперь я вижу, что, кроме розог, вас ничем не заставишь повиноваться, и нынче вы их вполне заслужили.

Он сказал это так громко, что все слышали его слова. Кровь с необыкновенной силой прилила к моему сердцу; я почувствовал, как крепко оно билось, как краска сходила с моего лица и как совершенно невольно затряслись мои губы. Я должен был быть страшен в эту минуту, потому что St.- Jérôme, избегая моего взгляда, быстро подошел ко мне и схватил за руку; но только что я почувствовал прикосновение его руки, мне сделалось так дурно, что я, не помня себя от злобы, вырвал руку и из всех моих детских сил ударил его.

– Что с тобой делается? – сказал, подходя ко мне, Володя, с ужасом и удивлением видевший мой поступок.

– Оставь меня! – закричал я на него сквозь слезы. – Никто вы не любите меня, не понимаете, как я несчастлив! Все вы гадки, отвратительны, – прибавил я с каким-то исступлением, обращаясь ко всему обществу.

---

1 Хорошо

Но в это время St.-Jérôme, с решительным и бледным лицом, снова подошел ко мне, и не успел я приготовиться к защите, как он уже сильным движением, как тисками, сжал мои обе руки и потащил куда-то. Голова моя закружилась от волнения; помню только, что я отчаянно бился головой и коленками до тех пор, пока во мне были еще силы; помню, что нос мой несколько раз натыкался на чьи-то ляжки, что в рот мне попадал чей-то сюртук, что вокруг себя со всех сторон я слышал присутствие чьих-то ног, запах пыли и violette[1], которой душился St.-Jérôme.

Через пять минут за мной затворилась дверь чулана.

– Василь! – сказал *он* отвратительным, торжествующим голосом, – принеси розог.....................

Глава XV.
МЕЧТЫ

Неужели в то время я мог бы думать, что останусь жив после всех несчастий, постигших меня, и что придет время, когда я спокойно буду вспоминать о них?..

Припоминая то, что я сделал, я не мог вообразить себе, что со мной будет; но смутно предчувствовал, что пропал безвозвратно.

Сначала внизу и вокруг меня царствовала совершенная тишина, или по крайней мере мне так казалось от слишком сильного внутреннего волнения, но мало-помалу я стал разбирать различные звуки. Василь пришел снизу и, бросив на окно какую-то вещь, похожую на метлу, зевая, улегся на ларь. Внизу послышался громкий голос Августа Антоныча (должно быть, он говорил про меня), потом детские голоса, потом смех, беготня, а через несколько минут в доме все пришло в прежнее движение, как будто никто не знал и не думал о том, что я сижу в темном чулане.

Я не плакал, но что-то тяжелое, как камень, лежало у меня на сердце. Мысли и представления с усиленной быстротой проходили в моем расстроенном воображении; но воспоминание о несчастии, постигшем меня, беспрестанно прерывало их причудливую цепь, и я снова входил в безвыходный лабиринт неизвестности о предстоящей мне участи, отчаяния и страха.

---

1 фиалки

То мне приходит в голову, что должна существовать какая-нибудь неизвестная причина общей ко мне нелюбви и даже ненависти. (В то время я был твердо убежден, что все, начиная от бабушки и до Филиппа-кучера, ненавидят меня и находят наслаждение в моих страданиях.) «Я должен быть не сын моей матери и моего отца, не брат Володи, а несчастный сирота, подкидыш, взятый из милости», – говорю я сам себе, и нелепая мысль эта не только доставляет мне какое-то грустное утешение, но даже кажется совершенно правдоподобною. Мне отрадно думать, что я несчастен не потому, что виноват, но потому, что такова моя судьба с самого моего рождения и что участь моя похожа на участь несчастного Карла Иваныча.

«Но зачем дальше скрывать эту тайну, когда я сам уже успел проникнуть ее? – говорю я сам себе, – завтра же пойду к папа и скажу ему: „Папа! напрасно ты от меня скрываешь тайну моего рождения; я знаю ее“. Он скажет: „Что ж делать, мой друг, рано или поздно ты узнал бы это, – ты не мой сын, но я усыновил тебя, и ежели ты будешь достоин моей любви, то я никогда не оставлю тебя“; и я скажу ему: „Папа, хотя я не имею права называть тебя этим именем, но я теперь произношу его в последний раз, я всегда любил тебя и буду любить, никогда не забуду, что ты мой благодетель, но не могу больше оставаться в твоем доме. Здесь никто не любит меня, а St.- Jérôme поклялся в моей погибели. Он или я должны оставить твой дом, потому что я не отвечаю за себя, я до такой степени ненавижу этого человека, что готов на все. Я убью его“, – так и сказать: „Папа! я убью его“. Папа станет просить меня, но я махну рукой, скажу ему: „Нет, мой друг, мой благодетель, мы не можем жить вместе, а отпусти меня“, – и я обниму его и скажу ему, почему-то по-французски: „Oh mon père, oh mon bienfaiteur, donne moi pour la dernière fois ta bénédiction et gue la volonté de Dieu soit faite!“ [1]. И я, сидя на сундуке в темном чулане, плачу навзрыд при этой мысли. Но вдруг я вспоминаю постыдное наказание, ожидающее меня, действительность представляется мне в настоящем свете, и мечты мгновенно разлетаются.

То я воображаю себя уже на свободе, вне нашего дома. Я поступаю в гусары и иду на войну. Со всех сторон на меня

1 О мой отец, о мой благодетель, дай мне в последний раз свое благословение, и да свершится воля божия!

несутся враги, я размахиваюсь саблей и убиваю одного, другой взмах – убиваю другого, третьего. Наконец, в изнурении от ран и усталости, я падаю на землю и кричу: «Победа!» Генерал подъезжает ко мне и спрашивает: «Где он – наш спаситель?» Ему указывают на меня, он бросается мне на шею и с радостными слезами кричит: «Победа!» Я выздоравливаю и, с подвязанной черным платком рукою, гуляю по Тверскому бульвару. Я генерал! Но вот государь встречает меня и спрашивает, кто этот израненный молодой человек? Ему говорят, что это известный герой Николай. Государь подходит ко мне и говорит: «Благодарю тебя. Я все сделаю, что бы ты ни просил у меня». Я почтительно кланяюсь и, опираясь на саблю, говорю: «Я счастлив, великий государь, что мог пролить кровь за свое отечество, и желал бы умереть за него; но ежели ты так милостив, что позволяешь мне просить тебя, прошу об одном – позволь мне уничтожить врага моего, иностранца St.-Jérôme'a». Мне хочется уничтожить врага моего St.-Jérôme'a. Я грозно останавливаюсь перед St.-Jérôme'ом и говорю ему: «Ты сделал мое несчастье, à genoux!»[1]. Но вдруг мне приходит мысль, что с минуты на минуту может войти настоящий St.-Jérôme с розгами, и я снова вижу себя не генералом, спасающим отечество, а самым жалким, плачевным созданием.

То мне приходит мысль о Боге, и я дерзко спрашиваю его, за что он наказывает меня? «Я, кажется, не забывал молиться утром и вечером, так за что же я страдаю?» Положительно могу сказать, что первый шаг к религиозным сомнениям, тревожившим меня во время отрочества, был сделан мною теперь, не потому, чтобы несчастие побудило меня к ропоту и неверию, но потому, что мысль о несправедливости провидения, пришедшая мне в голову в эту пору совершенного душевного расстройства и суточного уединения, как дурное зерно, после дождя упавшее на рыхлую землю, с быстротой стало разрастаться и пускать корни. То я воображал, что я непременно умру, и живо представлял себе удивление St.-Jérôme'a, находящего в чулане, вместо меня, безжизненное тело. Вспоминая рассказы Натальи Савишны о том, что душа усопшего до сорока дней не оставляет дома, я мысленно после смерти ношусь невидимкой по всем комнатам бабушкиного дома и

---

1 на колени!

подслушиваю искренние слезы Любочки, сожаления бабушки и разговор папа с Августом Антонычем. «Он славный был мальчик», – скажет папа со слезами на глазах. «Да, – скажет St.-Jérôme, – но большой повеса». – «Вы бы должны уважать мертвых, – скажет папа, – вы были причиной его смерти, вы запугали его, он не мог перенести унижения, которое вы готовили ему... Вон отсюда, злодей!»

И St.-Jérôme упадет на колени, будет плакать и просить прощения. После сорока дней душа моя улетает на небо; я вижу там что-то удивительно прекрасное, белое, прозрачное, длинное и чувствую, что это моя мать. Это что-то белое окружает, ласкает меня; но я чувствую беспокойство и как будто не узнаю ее. «Ежели это точно ты, – говорю я, – то покажись мне лучше, чтобы я мог обнять тебя». И мне отвечает ее голос: «Здесь мы все такие, я не могу лучше обнять тебя. Разве тебе не хорошо так?» – «Нет, мне очень хорошо, но ты не можешь щекотать меня, и я не могу целовать твоих рук...» – «Не надо этого, здесь и так прекрасно», – говорит она, и я чувствую, что точно прекрасно, и мы вместе с ней летим все выше и выше. Тут я как будто просыпаюсь и нахожу себя опять на сундуке, в темном чулане, с мокрыми от слез щеками, без всякой мысли, твердящего слова: *и мы все летим выше и выше* . Я долго употребляю всевозможные усилия, чтобы уяснить свое положение; но умственному взору моему представляется в настоящем только одна страшно мрачная, непроницаемая даль. Я стараюсь снова возвратиться к тем отрадным, счастливым мечтам, которые прервало сознание действительности; но, к удивлению моему, как скоро вхожу в колею прежних мечтаний, я вижу, что продолжение их невозможно и, что всего удивительнее, не доставляет уже мне никакого удовольствия.

Глава XVI.
ПЕРЕМЕЛЕТСЯ, МУКА БУДЕТ

Я ночевал в чулане, и никто не приходил ко мне; только на другой день, то есть в воскресенье, меня перевели в маленькую комнатку, подле классной, и опять заперли. Я начинал надеяться, что наказание мое ограничится заточением, и мысли мои, под влиянием сладкого, крепительного сна, яркого солнца, игравшего на морозных узорах окон, и дневного обыкновенного шума на улицах, начинали успокоиваться. Но уединение все-таки было очень тяжело: мне хотелось двигаться, рассказать кому-нибудь все, что накопилось у меня на душе, и не было вокруг меня живого создания. Положение это было еще более неприятно потому, что, как мне ни противно было, я не мог не слышать, как St.-Jérôme, прогуливаясь по своей комнате, насвистывал совершенно спокойно какие-то веселые мотивы. Я был вполне убежден, что ему вовсе не хотелось свистать, но что он делал это единственно для того, чтобы мучить меня.

В два часа St.-Jérôme и Володя сошли вниз, а Николай принес мне обед, и когда я разговорился с ним о том, что я наделал и что ожидает меня, он сказал:

– Эх, сударь! не тужите, перемелется, мука будет. Хотя это изречение, не раз и впоследствии поддерживавшее твердость моего духа, несколько утешило меня, но именно то обстоятельство, что мне прислали не один хлеб и воду, а весь обед, даже и пирожное розанчики, заставило меня сильно призадуматься. Ежели бы мне не прислали розанчиков, то значило бы, что меня наказывают заточением, но теперь выходило, что я еще не наказан, что я только удален от других, как вредный человек, а что наказание впереди. В то время, как я был углублен в разрешение этого вопроса в замке моей темницы повернулся ключ, и St.-Jérôme с суровым и официальным лицом вошел в комнату.

– Пойдемте к бабушке, – сказал он, не глядя на меня.

Я хотел было почистить рукава курточки, запачкавшиеся мелом, прежде чем выйти из комнаты, но St.-Jérôme сказал мне, что это совершенно бесполезно, как будто я находился уже в таком жалком нравственном положении, что о наружном своем виде не стоило и заботиться.

Катенька, Любочка и Володя посмотрели на меня в то время, как St.-Jérôme за руку проводил меня чрез залу, точно с тем же выражением, с которым мы обыкновенно смотрели на колодников, проводимых по понедельникам мимо наших окон. Когда же я подошел к креслу бабушки, с намерением поцеловать ее руку, она отвернулась от меня и спрятала руку под мантилью.

– Да, мой милый, – сказала она после довольно продолжительного молчания, во время которого она осмотрела меня с ног до головы таким взглядом, что я не знал, куда девать свои глаза и руки, – могу сказать, что вы очень цените мою любовь и составляете для меня истинное утешение. Monsieur St.-Jérôme, который по моей просьбе, – прибавила она, растягивая каждое слово, – взялся за ваше воспитание, не хочет теперь оставаться в моем доме. Отчего? От вас, мой милый. Я надеялась, что вы будете благодарны, – продолжала она, помолчав немного и тоном, который доказывал, что речь ее была приготовлена заблаговременно, – за попечения и труды его, что вы будете уметь ценить его заслуги, а вы, молокосос, мальчишка, решились поднять на него руку. Очень хорошо! Прекрасно!! Я тоже начинаю думать, что вы не способны понимать благородного обращения, что на вас нужны другие, низкие средства... Проси сейчас прощения, – прибавила она строго-повелительным тоном, указывая на St.-Jérôme'a, – слышишь?

Я посмотрел по направлению руки бабушки и, увидев сюртук St.-Jérôme'a, отвернулся и не трогался с места, снова начиная ощущать замирание сердца.

– Что же? вы не слышите разве, что я вам говорю?

Я дрожал всем телом, но не трогался с места.

– Коко! – сказала бабушка, должно быть заметив внутренние страдания, которые я испытывал. – Коко, – сказала она уже не столько повелительным, сколько нежным голосом, – ты ли это?

– Бабушка! я не буду просить у него прощения ни за что... – сказал я, вдруг останавливаясь, чувствуя, что не в состоянии буду удержать слез, давивших меня, ежели скажу еще одно слово.

– Я приказываю тебе, я прошу тебя. Что же ты?

– Я... я... не... не хочу... я не могу, – проговорил я, и сдержанные рыдания, накопившиеся в моей груди, вдруг опрокинули преграду, удерживавшую их, и разразились отчаянным потоком.

– C'est ainsi gue vous obéissez à vorte seconde mère, c'est ainsi que vous reconnaissez ses bontés[1], – сказал St.-Jérôme трагическим голосом, – à genoux!

– Боже мой, ежели бы она видела это! – сказала бабушка, отворачиваясь от меня и отирая показавшиеся слезы. – Ежели

_____

1 Так-то вы повинуетесь своей второй матери, так-то вы отплачиваете за ее доброту

бы она видела... все к лучшему. Да, она не перенесла бы этого горя, не перенесла бы.

И бабушка плакала все сильней и сильней. Я плакал тоже, но и не думал просить прощения.

– Tranquillisez-vous au nom du ciel, M-me la comtesse [1], – говорил St.-Jérôme.

Но бабушка уже не слушала его, она закрыла лицо руками, и рыдания ее скоро перешли в икоту и истерику. В комнату с испуганными лицами вбежали Мими и Гаша, запахло какими-то спиртами, и по всему дому вдруг поднялись беготня и шептанье.

– Любуйтесь на ваше дело, – сказал St.-Jérôme, уводя меня на верх. «Боже мой, что я наделал! какой я ужасный преступник!»

Только что St.-Jérôme, сказав мне, чтобы я шел в свою комнату, спустился вниз, – я, не отдавая себе отчета в том, что я делаю, побежал по большой лестнице, ведущей на улицу.

Хотел ли я убежать совсем из дома или утопиться, не помню; знаю только, что, закрыв лицо руками, чтобы не видать никого, я бежал все дальше и дальше по лестнице.

– Ты куда? – спросил меня вдруг знакомый голос. – Тебя-то мне и нужно, голубчик.

Я хотел было пробежать мимо, но папа схватил меня за руку и строго сказал:

– Пойдем-ка со мной, любезный! Как ты смел трогать портфель в моем кабинете, – сказал он, вводя меня за собой в маленькую диванную. – А? что ж ты молчишь? а? – прибавил он, взяв меня за ухо.

– Виноват, – сказал я, – я сам не знаю, что на меня нашло.

– А, не знаешь, что на тебя нашло, не знаешь, не знаешь, не знаешь, не знаешь, – повторял он, с каждым словом потрясая мое ухо, – будешь вперед совать нос, куда не следует, будешь? будешь?

Несмотря на то, что я ощущал сильнейшую боль в ухе, я не плакал, а испытывал приятное моральное чувство. Только что папа выпустил мое ухо, я схватил его руку и со слезами принялся покрывать ее поцелуями.

– Бей меня еще, – говорил я сквозь слезы, – крепче, больнее, я негодный, я гадкий, я несчастный человек!

---

1 Ради бога, успокойтесь, графиня

– Что с тобой? – сказал он, слегка отталкивая меня.

– Нет, ни за что не пойду, – сказал я, цепляясь за его сюртук. – Все ненавидят меня, я это знаю, но ради Бога, ты выслушай меня, защити меня или выгони из дома. Я не могу с ним жить, *он* всячески старается унизить меня, велит становиться на колени перед собой, хочет высечь меня. Я не могу этого, я не маленький, я не перенесу этого, я умру, убью себя. *Он* сказал бабушке, что я негодный; она теперь больна, она умрет от меня, я… с… ним… ради Бога, высеки… за… что… му…чат.

Слезы душили меня, я сел на диван и, не в силах говорить более, упал головой ему на колена, рыдая так, что мне казалось, я должен был умереть в ту же минуту.

– Об чем ты, пузырь? – сказал папа с участием, наклоняясь ко мне.

– *Он* мой тиран… мучитель… умру… никто меня не любит! – едва мог проговорить я, и со мной сделались конвульсии.

Папа взял меня на руки и отнес в спальню. Я заснул.

Когда я проснулся, было уже очень поздно, одна свечка горела около моей кровати, и в комнате сидели наш домашний доктор, Мими и Любочка. По лицам их заметно было, что боялись за мое здоровье. Я же чувствовал себя так хорошо и легко после двенадцатичасового сна, что сейчас бы вскочил с постели, ежели бы мне не неприятно было расстроить их уверенность г том, что я очень болен.

Глава XVII.
НЕНАВИСТЬ

Да, это было настоящее чувство ненависти, не той ненависти, про которую только пишут в романах и в которую я не верю, ненависти, которая будто находит наслаждение в делании зла человеку, но той ненависти, которая внушает вам непреодолимое отвращение к человеку, заслуживающему, однако, ваше уважение, делает для вас противным его волоса, шею, походку, звук голоса, все его члены, все его движения и вместе с тем какой-то непонятной силой притягивает вас к нему и с беспокойным вниманием заставляет следить за малейшими его поступками. Я испытывал это чувство к St.-Jérôme.

St.-Jérôme жил у нас уже полтора года. Обсуживая теперь хладнокровно этого человека, я нахожу, что он был хороший француз, но француз в высшей степени. Он был не глуп, довольно хорошо учен и добросовестно исполнял в отношении нас свою обязанность, но он имел общие всем его землякам и столь противоположные русскому характеру отличительные черты легкомысленного эгоизма, тщеславия, дерзости и невежественной самоуверенности. Все это мне очень не нравилось. Само собою разумеется, что бабушка объяснила ему свое мнение насчет телесного наказания, и он не смел бить нас; но, несмотря на это, он часто угрожал, в особенности мне, розгами и выговаривал слово fouetter[1](как-то fouatter) так отвратительно и с такой интонацией, как будто высечь меня доставило бы ему величайшее удовольствие.

Я нисколько не боялся боли наказания, никогда не испытывал ее, но одна мысль, что St.-Jérôme может ударить меня, приводила меня в тяжелое состояние подавленного отчаяния и злобы.

Случалось, что Карл Иваныч, в минуту досады, лично расправлялся с нами линейкой или помочами; но я без малейшей досады вспоминаю об этом. Даже в то время, о котором я говорю (когда мне было четырнадцать лет), ежели бы Карлу Иванычу случилось приколотить меня, я хладнокровно перенес бы его побои. Карла Иваныча я любил, помнил его с тех пор, как самого себя, и привык считать членом своего семейства; но St.-Jérôme был человек гордый, самодовольный, к которому я ничего не чувствовал, кроме того невольного уважения, которое внушали мне все *большие* . Карл Иваныч был смешной старик-*дядька* , которого я любил от души, но ставил все-таки ниже себя в моем детском понимании общественного положения.

St.-Jérôme, напротив, был образованный, красивый молодой щеголь, старающийся стать наравне со всеми. Карл Иваныч бранил и наказывал нас всегда хладнокровно, видно было, что он считал это хотя необходимою, но неприятною обязанностью. St.-Jérôme, напротив, любил драпироваться в роль наставника; видно было, когда он наказывал нас, что он делал это более для собственного удовольствия, чем для нашей пользы. Он увлекался своим величием. Его пышные

---

1 сечь

французские фразы, которые он говорил с сильными ударениями на последнем слоге, accent circonflex'ами, были для меня невыразимо противны. Карл Иваныч, рассердившись, говорил «кукольная комедия, шалунья мальшик, шампанская мушка». St.-Jérôme называл нас mauvais sujet, vilain garnement [1] и т. п. названиями, которые оскорбляли мое самолюбие.

Карл Иваныч ставил нас на колени лицом в угол, и наказание состояло в физической боли, происходившей от такого положения; St.-Jérôme, выпрямляя грудь и делая величественный жест рукою, трагическим голосом кричал: «À genoux, mauvais sujet!», приказывал становиться на колени лицом к себе и просить прощения. Наказание состояло в унижении.

Меня не наказывали, и никто даже не напоминал мне о том, что со мной случилось; но я не мог забыть всего, что испытал: отчаяния, стыда, страха и ненависти в эти два дня. Несмотря на то, что с того времени St.-Jérôme, как казалось, махнул на меня рукою, почти не занимался мною, я не мог привыкнуть смотреть на него равнодушно. Всякий раз, когда случайно встречались наши глаза, мне казалось, что во взгляде моем выражается слишком явная неприязнь, и я спешил принять выражение равнодушия, но тогда мне казалось, что он понимает мое притворство, я краснел и вовсе отворачивался.

Одним словом, мне невыразимо тяжело было иметь с ним какие бы то ни было отношения.

Глава XVIII.
ДЕВИЧЬЯ

Я чувствовал себя все более и более одиноким, и главными моими удовольствиями были уединенные размышления и наблюдения. О предмете моих размышлений расскажу в следующей главе; театром же моих наблюдений преимущественно была девичья, в которой происходил весьма для меня занимательный и трогательный роман. Героиней этого романа, само собой разумеется, была Маша. Она была влюблена в Василья, знавшего ее еще тогда, когда она жила на воле, и обещавшего еще тогда на ней жениться.

_____
1 негодяй, мерзавец

Судьба, разлучившая их пять лет тому назад, снова соединила их в бабушкином доме, но положила преграду их взаимной любви в лице Николая (родного дяди Маши), не хотевшего и слышать о замужестве своей племянницы с Васильем, которого он называл человеком *несообразным* и *необузданным*.

Преграда эта сделала то, что прежде довольно хладнокровный и небрежный в обращении Василий вдруг влюбился в Машу, влюбился так, как только способен на такое чувство дворовый человек из портных, в розовой рубашке и с напомаженными волосами.

Несмотря на то, что проявления его любви были весьма странны и несообразны (например, встречая Машу, он всегда старался причинить ей боль, или щипал ее, или бил ладонью, или сжимал ее с такой силой, что она едва могла переводить дыхание), но самая любовь его была искренна, что доказывается уже тем, что с той поры, как Николай решительно отказал ему в руке своей племянницы, Василий *запил* с горя, стал шляться по кабакам, буянить – одним словом, вести себя так дурно, что не раз подвергался постыдному наказанию на съезжей. Но поступки эти и их последствия, казалось, были заслугой в глазах Маши и увеличивали еще ее любовь к нему. Когда Василий *содержался в части*, Маша по целым дням, не осушая глаз, плакала, жаловалась на свою горькую судьбу Гаше (принимавшей живое участие в делах несчастных любовников) и, презирая брань и побои своего дяди, потихоньку бегала в полицию навещать и утешать своего друга.

Не гнушайтесь, читатель, обществом, в которое я ввожу вас. Ежели в душе вашей не ослабли струны любви и участия, то и в девичьей найдутся звуки, на которые они отзовутся. Угодно ли вам или не угодно будет следовать за мною, я отправляюсь на площадку лестницы, с которой мне видно все, что происходит в девичьей. Вот лежанка, на которой стоят утюг, картонная кукла с разбитым носом, лоханка, рукомойник; вот окно, на котором в беспорядке валяются кусочек черного воска, моток шелку, откушенный зеленый огурец и конфетная коробочка, вот и большой красный стол, на котором, на начатом шитье, лежит кирпич, обшитый ситцем, и за которым сидит *она* в моем любимом розовом холстинковом платье и голубой косынке, особенно привлекающей мое внимание. *Она* шьет, изредка останавливаясь, чтобы почесать иголкой голову или поправить свечку, а я смотрю и думаю: «Отчего она не родилась барыней, с этими светлыми голубыми глазами, огромной русой косой и высокой грудью? Как бы ей пристало сидеть в гостиной, в чепчике с розовыми лентами и в малиновом шелковом капоте, не в таком, какой у Мими, а какой я видел на Тверском бульваре. Она бы шила в пяльцах, а я бы в зеркало смотрел на нее, и, что бы ни захотела, я все бы для нее делал; подавал бы ей салоп, кушанье сам бы подавал...»

И что за пьяное лицо и отвратительная фигура у этого Василья в узком сюртуке, надетом сверх грязной розовой рубашки навыпуск! В каждом его телодвижении, в каждом изгибе его спины, мне кажется, что я вижу несомненные признаки отвратительного наказания, постигнувшего его...

– Что, Вася? опять... – сказала Маша, втыкая иголку в подушку и не поднимая головы навстречу входившему Василью.

– А что ж? разве от *него* добро будет, – отвечал Василий, – хоть бы решил одним чем-нибудь; а то пропадаю так ни за что, и все через *него* .

– Чай будете пить? – сказала Надежа, другая горничная.

– Благодарю покорно. И ведь за что ненавидит, вор этот, дядя-то твой, за что? за то, что платье себе настоящее имею, за форц за мой, за походку мою. Одно слово. Эх-ма! – заключил Василий, махнув рукой.

– Надо покорным быть, – сказала Маша, скусывая нитку, – а вы так все...

– Мочи моей не стало, вот что!

В это время в комнате бабушки послышался стук дверью и ворчливый голос Гаши, приближавшейся по лестнице.

– Поди тут угоди, когда сама не знает, чего хочет... проклятая *жисть* , каторжная! Хоть бы одно что, прости, господи, мое согрешение, – бормотала она, размахивая руками.

– Мое почтение Агафье Михайловне, – сказал Василий, приподнимаясь ей навстречу.

– Ну вас тут! Не до твоего почтения, – отвечала она,

грозно глядя на него, – и зачем ходишь сюда? разве место к девкам мужчине ходить...

– Хотел об вашем здоровье узнать – робко сказал Василий.

– Издохну скоро, вот какое мое здоровье, – еще с большим гневом, во весь рот прокричала Агафья Михайловна.

Василий засмеялся.

– Тут смеяться нечего, а коли говорю, что убирайся, так марш! Вишь, поганец, тоже жениться хочет, подлец! Ну, марш, отправляйся!

И Агафья Михайловна, топая ногами, прошла в свою комнату, так сильно стукнув дверью, что стекла задрожали в окнах.

За перегородкой долго еще слышалось, как, продолжая бранить все и всех и проклинать свое житье, она швыряла свои вещи и драла за уши свою любимую кошку; наконец дверь приотворилась, и в нее вылетела брошенная за хвост, жалобно мяукавшая кошка.

– Видно, в другой раз прийти чайку напиться, – сказал Василий шепотом, – до приятного свидания.

– Ничего, – сказала, подмигивая, Надежа, – я вот пойду самовар посмотрю.

– Да и сделаю ж я один конец, – продолжал Василий, ближе подсаживаясь к Маше, как только Надежа вышла из комнаты, – либо пойду прямо к графине, скажу: «так и так», либо уж... брошу все, бегу на край света, ей-богу.

– А я как останусь...

– Одну тебя жалею, а то бы уж даа...вно моя головушка на воле была, ей-богу, ей-богу.

– Что это ты, Вася, мне свои рубашки не принесешь постирать, – сказала Маша после минутного молчания, – а то, вишь, какая черная, – прибавила она, взяв его за ворот рубашки.

В это время внизу послышался колокольчик бабушки, и Гаша вышла из своей комнаты.

– Ну чего, подлый человек, от нее добиваешься? – сказала она; толкая в дверь Василья, который торопливо встал, увидав ее. – Довел девку до евтого, да еще пристаешь, видно, весело тебе, оголтелый, на ее слезы смотреть. Вон пошел. Чтобы духу твоего не было. И чего хорошего в нем нашла? – продолжала она, обращаясь к Маше. – Мало тебя колотил нынче дядя за него? Нет, все свое: ни за кого не пойду, как за Василья Грускова. Дура!

– Да и не пойду ни за кого, не люблю никого, хоть убей меня до смерти за него, – проговорила Маша, вдруг разливаясь слезами.

Долго я смотрел на Машу, которая, лежа на сундуке, утирала слезы своей косынкой, и, всячески стараясь изменять свой взгляд на Василья, я хотел найти ту точку зрения, с которой он мог казаться ей столь привлекательным. Но, несмотря на то, что я искренно сочувствовал ее печали, я никак не мог постигнуть, каким образом такое очаровательное создание, каким казалась Маша в моих глазах, могло любить Василья.

«Когда я буду большой, – рассуждал я сам с собой, вернувшись к себе на верх, – Петровское достанется мне, и Василий и Маша будут мои крепостные. Я буду сидеть в кабинете и курить трубку. Маша с утюгом пройдет в кухню. Я скажу: „Позовите ко мне Машу“. Она придет, и никого не будет в комнате... Вдруг войдет Василий и, когда увидит Машу, скажет: „Пропала моя головушка!“ – и Маша тоже заплачет; а я скажу: „Василий! я знаю, что ты любишь ее и она тебя любит, на вот тебе тысячу рублей, женись на ней, и дай Бог тебе счастья“, – а сам уйду в диванную». Между бесчисленным количеством мыслей и мечтаний, без всякого следа проходящих в уме и воображении, есть такие, которые оставляют в них глубокую чувствительную борозду; так что часто, не помня уже сущности мысли, помнишь, что было что-то хорошее в голове, чувствуешь след мысли и стараешься снова воспроизвести ее. Такого рода глубокий след оставила в моей душе мысль о пожертвовании своего чувства в пользу счастья Маши, которое она могла найти только в супружестве с Васильем.

Глава XIX.
ОТРОЧЕСТВО

Едва ли мне поверят, какие были любимейшие и постояннейшие предметы моих размышлений во время моего отрочества, – так как были несообразны с моим возрастом и положением. Но, по моему мнению, несообразность между положением человека и его моральной деятельностью есть вернейший признак истины.

В продолжение года, во время которого я вел уединенную, сосредоточенную в самом себе, моральную жизнь, все отвлеченные вопросы о назначении человека, о будущей жизни, о бессмертии души уже представились мне; и детский слабый ум мой со всем жаром неопытности старался уяснить те вопросы, предложение которых составляет высшую ступень, до которой может достигать ум человека, но разрешение которых не дано ему.

Мне кажется, что ум человеческий в каждом отдельном лице проходит в своем развитии по тому же пути, по которому он развивается и в целых поколениях, что мысли, служившие основанием различных философских теорий, составляют нераздельные части ума; но что каждый человек более или менее ясно сознавал их еще прежде, чем знал о существовании философских теорий.

Мысли эти представлялись моему уму с такою ясностью и поразительностью, что я даже старался применять их к жизни, воображая, что я *первый* открываю такие великие и полезные истины.

Раз мне пришла мысль, что счастье не зависит от внешних причин, а от нашего отношения к ним, что человек, привыкший переносить страдания, не может был несчастлив, и, чтобы приучить себя к труду, я, несмотря на страшную боль, держал по пяти минут в вытянутых руках лексиконы Татищева или уходил в чулан и веревкой стегал себя по голой спине так больно, что слезы невольно выступали на глазах.

Другой раз, вспомнив вдруг, что смерть ожидает меня каждый час, каждую минуту, я решил, не понимая, как не поняли того до сих пор люди, что человек не может быть иначе счастлив, как пользуясь настоящим и не помышляя о будущем, – и я дня три, под влиянием этой мысли, бросил уроки и занимался только тем, что, лежа на постели, наслаждался чтением какого-нибудь романа и едою пряников с кроновским медом, которые я покупал на последние деньги.

То раз, стоя перед черной доской и рисуя на ней мелом разные фигуры, я вдруг был поражен мыслью: почему симметрия приятна для глаз? что такое симметрия? Это врожденное чувство, отвечал я сам себе. На чем же оно основано? Разве во всем в жизни симметрия? Напротив, вот жизнь – и я нарисовал на доске овальную фигуру. После жизни душа переходит в вечность; вот вечность – и я провел с одной стороны овальной фигуры черту до самого края доски. Отчего же с другой стороны нету такой же черты? Да и в самом деле, какая же может быть вечность с одной стороны, мы, верно, существовали прежде этой жизни, хоть и потеряли о том воспоминание.

Это рассуждение, казавшееся мне чрезвычайно новым и ясным и которого связь я с трудом могу уловить теперь, – понравилось мне чрезвычайно, и я, взяв лист бумаги, вздумал письменно изложить его; но при этом в голову мою набралась вдруг такая бездна мыслей, что я принужден был встать и пройтись по комнате. Когда я подошел к окну, внимание мое обратила водовозка, которую запрягал в это время кучер, и все мысли мои сосредоточились на решении вопроса: в какое животное или человека перейдет душа этой водовозки, когда она околеет? В это время Володя, проходя через комнату, улыбнулся, заметив, что я размышлял о чем-то, и этой улыбки мне достаточно было, чтобы понять, что все то, о чем я думал, была ужаснейшая гиль.

Я рассказал этот почему-то мне памятный случай только затем, чтобы дать понять читателю о том, в каком роде были мои умствования.

Но ни одним из всех философских направлений я не увлекался так, как скептицизмом, который одно время довел меня до состояния, близкого сумасшествию. Я воображал, что, кроме меня, никого и ничего не существует во всем мире, что предметы не предметы, а образы, являющиеся только тогда, когда я на них обращаю внимание, и что, как скоро я перестаю думать о них, образы эти тотчас же исчезают. Одним словом, я сошелся с Шеллингом в убеждении, что существуют не предметы, а мое отношение к ним. Были минуты, что я, под влиянием этой *постоянной идеи* , доходил до такой степени сумасбродства, что иногда быстро оглядывался в противоположную сторону, надеясь, врасплох, застать пустоту (neant) там, где меня не было.

Жалкая, ничтожная пружина моральной деятельности – ум человека!

Слабый ум мой не мог проникнуть непроницаемого, а в непосильном труде терял одно за другим убеждения, которые для счастья моей жизни я никогда бы не должен был сметь затрогивать.

Из всего этого тяжелого морального труда я не вынес ничего, кроме изворотливости ума, ослабившей во мне силу воли, и привычки к постоянному моральному анализу, уничтожившей свежесть чувства и ясность рассудка.

Отвлеченные мысли образуются вследствие способности человека уловить сознанием в известный момент состояние души и перенести его в воспоминание Склонность моя к отвлеченным размышлениям до такой степени неестественно развила во мне сознание, что часто, начиная думать о самой простой вещи, я впадал в безвыходный круг анализа своих мыслей, я не думал уже о вопросе, занимавшем меня, а думал о том, о чем я думал. Спрашивая себя: о чем я думаю? – я отвечал: я думаю, о чем я думаю. А теперь о чем я думаю? Я думаю, что я думаю, о чем я думаю, и так далее. Ум за разум заходил...

Однако философские открытия, которые я делал, чрезвычайно льстили моему самолюбию: я часто воображал себя великим человеком, открывающим для блага всего человечества новые истины, и с гордым сознанием своего достоинства смотрел на остальных смертных; но, странно, приходя в столкновение с этими смертными, я робел перед каждым, и чем выше ставил себя в собственном мнении, тем менее был способен с другими не только выказывать сознание собственного достоинства, но не мог даже привыкнуть не стыдиться за каждое свое самое простое слово и движение.

Глава XX.
ВОЛОДЯ

Да, чем дальше подвигаюсь я в описании этой поры моей жизни, тем тяжелее и труднее становится оно для меня. Редко, редко между воспоминаниями за это время нахожу я минуты истинного теплого чувства, так ярко и постоянно освещавшего начало моей жизни. Мне невольно хочется пробежать скорее пустыню отрочества и достигнуть той счастливой поры, когда снова истинно нежное, благородное чувство дружбы ярким светом озарило конец этого возраста и положило начало новой, исполненной прелести и поэзии, поре юности.

Не стану час за часом следить за своими

воспоминаниями, но брошу быстрый взгляд на главнейшие из них с того времени, до которого я довел свое повествование, и до сближения моего с необыкновенным человеком, имевшим решительное и благотворное влияние на мой характер и направление.

Володя на днях поступает в университет, учители уже ходят к нему отдельно, и я с завистью и невольным уважением слушаю, как он, бойко постукивая мелом о черную доску, толкует о функциях, синусах, координатах и т. п., которые кажутся мне выражениями недосягаемой премудрости. Но вот в одно воскресенье, после обеда, в комнате бабушки собираются все учители, два профессора и в присутствии папа и некоторых гостей делают репетицию университетского экзамена, в котором Володя, к великой радости бабушки, выказывает необыкновенные познания. Мне тоже делают вопросы из некоторых предметов, но я оказываюсь весьма плох, и профессоры, видимо, стараются перед бабушкой скрыть мое незнание, что еще более конфузит меня. Впрочем, на меня мало и обращают внимания: мне только пятнадцать лет, следовательно, остается еще год до экзамена. Володя только к обеду сходит вниз, а целые дни и даже вечера проводит на верху за занятиями, не по принуждению, а по собственному желанию. Он чрезвычайно самолюбив и не хочет выдержать экзамен посредственно, а отлично.

Но вот наступил день первого экзамена. Володя надевает синий фрак с бронзовыми пуговицами, золотые часы и лакированные сапоги; к крыльцу подают фаэтон папа, Николай откидывает фартук, и Володя с St.-Jérôme'ом едут в университет. Девочки, в особенности Катенька, с радостными, восторженными лицами смотрят в окно на стройную фигуру садящегося в экипаж Володи, папа говорит: «Дай Бог, дай Бог», – а бабушка, тоже притащившаяся к окну, со слезами на глазах, крестит Володю до тех пор, пока фаэтон не скрывается за углом переулка, и шепчет что-то.

Володя возвращается. Все с нетерпением спрашивают его: «Что? хорошо? сколько?», но уже по веселому лицу его видно, что хорошо. Володя получил пять. На другой день с теми же желаниями успеха и страхом провожают его и встречают с тем же нетерпением и радостию. Так проходит девять дней. На десятый день предстоит последний, самый трудный экзамен – закона Божьего, все стоят у окна и еще с большим нетерпением ожидают его. Уже два часа, а Володи нет.

– Боже мой! Батюшки!!! они!! они!! – кричит Любочка, прильнув к стеклу.

И действительно, в фаэтоне рядом с St.-Jérôme'ом сидит Володя, но уже не в синем фраке и серой фуражке, а в студенческом мундире с шитым голубым воротником, в треугольной шляпе и с позолоченной шпагой на боку.

– Что, ежели бы ты была жива! – вскрикивает бабушка, увидав Володю в мундире, и падает в обморок.

Володя с сияющим лицом вбегает в переднюю, целует и обнимает меня, Любочку, Мими и Катеньку, которая при этом краснеет до самых ушей. Володя не помнит себя от радости. И как он хорош в этом мундире! Как идет голубой воротник к его чуть пробивающимся черным усикам! Какая у него тонкая длинная талия и благородная походка! В этот достопамятный день все обедают в комнате бабушки, на всех лицах сияет радость, и за обедом, во время пирожного, дворецкий, с прилично-величавой и вместе веселой физиономией, приносит завернутую в салфетку бутылку шампанского. Бабушка в первый раз после кончины *maman* пьет шампанское, выпивает целый бокал, поздравляя Володю, и снова плачет от радости, глядя на него. Володя уже один в собственном экипаже выезжает со двора, принимает *к себе своих* знакомых, курит табак, ездит на балы, и даже я сам видел, как раз он в своей комнате выпил две бутылки шампанского с своими знакомыми и как они при каждом бокале называли здоровье каких-то таинственных особ и спорили о том, кому достанется le fond de la bouteille[1]. Он обедает, однако, регулярно дома и после обеда по-прежнему усаживается в диванной и о чем-то вечно таинственно беседует с Катенькой; но сколько я могу слышать – как не принимающий участия в их разговорах, – они толкуют только о героях и героинях прочитанных романов, о ревности, о любви; и я никак не могу понять, что они могут находить внимательного в таких разговорах и почему они так тонко улыбаются и горячо спорят.

Вообще я замечаю, что между Катенькой и Володей, кроме понятной дружбы между товарищами детства,

---

1 дно бутылки

существуют какие-то странные отношения, отдаляющие их от нас и таинственно связывающие их между собой.

Глава XXI.
КАТЕНЬКА И ЛЮБОЧКА

Катеньке шестнадцать лет; она выросла; угловатость форм, застенчивость и неловкость движений, свойственные девочке в переходном возрасте, уступили место гармонической свежести и грациозности только что распустившегося цветка; но она не переменилась Те же светло-голубые глаза и улыбающийся взгляд, тот же, составляющий почти одну линию со лбом, прямой носик с крепкими ноздрями и ротик с светлой улыбкой, те же крошечные ямочки на розовых прозрачных щечках, те же беленькие ручки... и к ней по-прежнему почему-то чрезвычайно идет название *чистенькой* девочки. Нового в ней только густая русая коса, которую она носит как большие, и молодая грудь, появление которой заметно радует и стыдит ее.

Несмотря на то, что Любочка всегда росла и воспитывалась с нею вместе, она во всех отношениях совсем другая девочка.

Любочка невысока ростом и, вследствие английской болезни, у нее ноги до сих пор еще гусем и прегадкая талия. Хорошего во всей ее фигуре только глаза, и глаза эти действительно прекрасны – большие, черные, и с таким неопределимо приятным выражением важности и наивности, что они не могут не оставить внимания. Любочка во всем проста и натуральна; Катенька же как будто хочет быть похожей на кого-то. Любочка смотрит всегда прямо и иногда, остановив на ком-нибудь свои огромные черные глаза, не спускает их так долго, что ее бранят за это, говоря, что это неучтиво; Катенька, напротив, опускает ресницы, щурится и уверяет, что она близорука, тогда как я очень хорошо знаю, что она прекрасно видит. Любочка не любит ломаться при посторонних, и, когда кто-нибудь при гостях начинает целовать ее, она дуется и говорит, что терпеть не может *нежностей* ; Катенька, напротив, при гостях всегда делается особенно нежна к Мими и любит, обнявшись с какой-нибудь девочкой, ходить по зале. Любочка страшная хохотунья и иногда, в припадке смеха, машет руками и бегает по комнате; Катенька, напротив, закрывает рот платком или руками, когда начинает смеяться. Любочка всегда сидит прямо и ходит опустив руки; Катенька держит голову несколько набок и ходит сложив руки. Любочка всегда ужасно рада, когда ей удается поговорить с большим мужчиной, и говорит, что она непременно выйдет замуж за гусара; Катенька же говорит, что все мужчины ей гадки, что она никогда не выйдет замуж, и делается совсем другая, как будто она боится чего-то, когда мужчина говорит с ней. Любочка вечно негодует на Мими за то, что ее так стягивают корсетами, что «дышать нельзя», и любит покушать; Катенька, напротив, часто, поддевая палец под мыс своего платья, показывает нам, как оно ей широко, и ест чрезвычайно мало. Любочка любит рисовать головки; Катенька же рисует только цветы и бабочек. Любочка играет очень отчетливо фильдовские концерты, некоторые сонаты Бетховена; Катенька играет варьяции и вальсы, задерживает темп, стучит, беспрестанно берет педаль и, прежде чем начинать играть что-нибудь, с чувством берет три аккорда *arpeggio* [1]...

Но Катенька, по моему тогдашнему мнению, больше похожа на большую, и поэтому гораздо больше мне нравится.

Глава XXII.
ПАПА

Папа особенно весел с тех пор, как Володя поступил в университет, и чаще обыкновенного приходит обедать к бабушке. Впрочем, причина его веселья, как я узнал от Николая, состоит в том, что он в последнее время выиграл чрезвычайно много. Случается даже, что он вечером, перед клубом, заходит к нам, садится за фортепьяно, собирает нас вокруг себя и, притоптывая своими мягкими сапогами (он терпеть не может каблуков и никогда не носит их), поет цыганские песни. И надобно тогда видеть смешной восторг его любимицы Любочки, которая с своей стороны обожает его. Иногда он приходит в классы и с строгим лицом слушает, как я сказываю уроки, но по некоторым словам, которыми он хочет поправить меня, я замечаю, что он плохо знает то, чему меня учат. Иногда он потихоньку мигает и делает нам знаки,

---

1 арпеджо – звуки аккорда, следующие один за другим

когда бабушка начинает ворчать и сердится на всех без причины. «Ну, досталось же *нам*, дети», – говорит он потом. Вообще он понемногу спускается в моих глазах с той недосягаемой высоты, на которую его ставило детское воображение. Я с тем же искренним чувством любви и уважения целую его большую белую руку, но уже позволяю себе думать о нем, обсуживать его поступки, и мне невольно приходят о нем такие мысли, присутствие которых пугает меня. Никогда не забуду я случая, внушившего мне много таких мыслей и доставившего мне много моральных страданий.

Один раз, поздно вечером, он, в черном фраке и белом жилете, вошел в гостиную с тем, чтобы взять с собой на бал Володю, который в это время одевался в своей комнате. Бабушка в спальне дожидалась, чтобы Володя пришел показаться ей (она имела привычку перед каждым балом призывать его к себе, благословлять, осматривать и давать наставления). В зале, освещенной только одной лампой, Мими с Катенькой ходила взад и вперед, а Любочка сидела за роялем и твердила второй концерт Фильда, любимую пьесу maman.

Никогда ни в ком не встречал я такого фамильного сходства, как между сестрой и матушкой. Сходство это заключалось не в лице, не в сложении, но в чем-то неуловимом: в руках, в манере ходить, в особенности в голосе и в некоторых выражениях. Когда Любочка сердилась и говорила: «целый век не пускают», это слово *целый век*, которое имела тоже привычку говорить maman, она выговаривала так, что, казалось, слышал ее, как-то протяжно: це-е-лый век; но необыкновеннее всего было это сходство в игре ее на фортепьяно и во всех приемах при этом: она так же оправляла платье, так же поворачивала листы левой рукой сверху, так же с досады кулаком била по клавишам, когда долго не удавался трудный пассаж, и говорила: «ах, Бог мой», и та же неуловимая нежность и отчетливость игры, той прекрасной фильдовской игры, так хорошо названной jeu perlé [1], прелести которой не могли заставить забыть все фокус-покусы новейших пьянистов.

Папа вошел в комнату скорыми маленькими шажками и подошел к Любочке, которая перестала играть, увидев его.

---

1 бисерной игрой

– Нет, играй, Люба, играй, – сказал он, усаживая ее, – ты знаешь, как я люблю тебя слушать...

Любочка продолжала играть, а папа долго, облокотившись на руку, сидел против нее; потом, быстро подернув плечом, он встал и стал ходить по комнате. Подходя к роялю, он всякий раз останавливался и долго пристально смотрел на Любочку. По движениям и походке его я замечал, что он был в волнении. Пройдя несколько раз по зале, он, остановившись за стулом Любочки, поцеловал ее в черную голову и потом, быстро поворотившись, опять продолжал свою прогулку. Когда, окончив пьесу, Любочка подошла к нему с вопросом: «Хорошо ли?», он молча взял ее за голову и стал целовать в лоб и глаза с такою нежностию, какой я никогда не видывал от него.

– Ах, Бог мой! ты плачешь! – вдруг сказала Любочка, выпуская из рук цепочку его часов и уставляя на его лицо свои большие удивленные глаза. – Прости меня, голубчик папа, я совсем забыла, что это *мамашина пьеса* .

– Нет, друг мой, играй почаще, – сказал он дрожащим от волнения голосом, – коли бы ты знала, как мне хорошо поплакать с тобой...

Он еще раз поцеловал ее и, стараясь пересилить внутреннее волнение, подергивая плечом, вышел в дверь, ведущую через коридор в комнату Володи.

– Вольдемар! скоро ли ты? – крикнул он, останавливаясь посреди коридора. В это самое время мимо него проходила горничная Маша, которая, увидав барина, потупилась и хотела обойти его. Он остановил ее.

– А ты все хорошеешь, – сказал он, наклонясь к ней.

Маша покраснела и еще более опустила голову.

– Позвольте, – прошептала она.

– Вольдемар, что ж, скоро ли? – повторил папа, подергиваясь и покашливая, когда Маша прошла мимо и он увидал меня...

Я люблю отца, но ум человека живет независимо от сердца и часто вмещает в себя мысли, оскорбляющие чувство, непонятные и жестокие для него. И такие мысли, несмотря на то, что я стараюсь удалить их, приходят мне...

Глава XXIII.
БАБУШКА

Бабушка со дня на день становится слабее; ее колокольчик, голос ворчливой Гаши и хлопанье дверями чаще слышатся в ее комнате, и она принимает нас уже не в кабинете, в вольтеровском кресле, а в спальне, в высокой постели с подушками, обшитыми кружевами. Здороваясь с нею, я замечаю на ее руке бледно-желтоватую глянцевую опухоль, а в комнате тяжелый запах, который пять лет тому назад слышал в комнате матушки. Доктор три раза в день бывает у нее, и было уже несколько консультаций. Но характер, гордое и церемонное обращение ее со всеми домашними, а в особенности с папа, нисколько не изменились; она точно так же растягивает слова, поднимает брови и говорит: «Мой милый».

Но вот несколько дней нас уже не пускают к ней, и раз утром St.-Jérôme, во время классов, предлагает мне ехать кататься с Любочкой и Катенькой Несмотря на то, что, садясь в сани, я замечаю, что перед бабушкиными окнами улица устлана соломой и что какие-то люди в синих чуйках стоят около наших ворот, я никак не могу понять, для чего нас посылают кататься в такой неурочный час. В этот день, во все время катанья, мы с Любочкой находимся почему-то в том особенно веселом расположении духа, в котором каждый простой случай, каждое слово, каждое движение заставляют смеяться.

Разносчик, схватившись за лоток, рысью перебегает через дорогу, и мы смеемся. Оборванный ванька галопом, помахивая концами вожжей, догоняет наши сани, и мы хохочем. У Филиппа зацепился кнут за полоз саней; он, оборачиваясь, говорит: «Эх-ма», – и мы помираем со смеху. Мими с недовольным видом говорит, что только *глупые* смеются без причины, и Любочка, вся красная от напряжения сдержанного смеха, исподлобья смотрит на меня. Глаза наши встречаются, и мы заливаемся таким гомерическим хохотом, что у нас на глазах слезы, и мы не в состоянии удержать порывов смеха, который душит нас. Только что мы немного успокоиваемся, я взглядываю на Любочку и говорю заветное словечко, которое у нас в моде с некоторого времени и которое уже всегда производит смех, и снова мы заливаемся.

Подъезжая назад к дому, я только открываю рот, чтоб сделать Любочке одну прекрасную гримасу, как глаза мои поражает черная крышка гроба, прислоненная к половинке двери нашего подъезда, и рот мой остается в том же искривленном положении.

– Votre grand-mère est morte![1] – говорит St.-Jérôme с бледным лицом, выходя нам навстречу.

Все время, покуда тело бабушки стоит в доме, я испытываю тяжелое чувство страха смерти, то есть мертвое тело живо и неприятно напоминает мне то, что и я должен умереть когда-нибудь, чувство, которое почему-то привыкли смешивать с печалью. Я не жалею о бабушке, да едва ли кто-нибудь искренно жалеет о ней. Несмотря на то, что дом полон траурных посетителей, никто не жалеет о ее смерти, исключая одного лица, которого неистовая горесть невыразимо поражает меня. И лицо это – горничная Гаша. Она уходит на чердак, запирается там, не переставая плачет, проклинает самое себя, рвет на себе волосы, не хочет слышать никаких советов и говорит, что смерть для нее остается единственным утешением после потери любимой госпожи.

Опять повторяю, что неправдоподобность в деле чувства есть вернейший признак истины.

Бабушки уже нет, но еще в нашем доме живут воспоминания и различные толки о ней. Толки эти преимущественно относятся до завещания, которое она сделала перед кончиной и которого никто не знает, исключая ее душеприказчика, князя Ивана Иваныча. Между бабушкиными людьми я замечаю некоторое волнение, часто слышу толки о том, кто кому достанется, и, признаюсь, невольно и с радостью думаю о том, что мы получаем наследство.

После шести недель Николай, всегдашняя газета новостей нашего дома, рассказывает мне, что бабушка оставила все имение Любочке, поручив до ее замужества опеку не папа, а князю Ивану Иванычу.

---

1 Ваша бабушка умерла!

Глава XXIV.
Я

До поступления в университет мне остается уже только несколько месяцев. Я учусь хорошо. Не только без страха ожидаю учителей, но даже чувствую некоторое удовольствие в классе.

Мне весело – ясно и отчетливо сказать выученный урок. Я готовлюсь в математический факультет, и выбор этот, по правде сказать, сделан мной единственно потому, что слова: синусы, тангенсы, дифференциалы, интегралы и т. д. чрезвычайно нравятся мне.

Я гораздо ниже ростом Володи, широкоплеч и мясист, по-прежнему дурен и по-прежнему мучусь этим. Я стараюсь казаться оригиналом. Одно утешает меня: это то, что про меня папа сказал как-то, что у меня *умная рожа* , и я вполне верю в это.

St.-Jérôme доволен мною, хвалит меня, и я не только не ненавижу его, но, когда он иногда говорит, что *с моими способностями, с моим умом* стыдно не сделать того-то и того-то, мне кажется даже, что я люблю его.

Наблюдения мои в девичьей давно уже прекратились, мне совестно прятаться за двери, да притом и убеждение в любви Маши к Василью, признаюсь, несколько охладило меня. Окончательно же исцеляет меня от этой несчастной страсти женитьба Василья, для которой я сам, по просьбе его, испрашиваю у папа позволения.

Когда *молодые* , с конфетами на подносе, приходят к папа благодарить его, и Маша, в чепчике с голубыми лентами, тоже за что-то благодарит всех нас, целуя каждого в плечико, я чувствую только запах розовой помады от ее волос, но ни малейшего волнения.

Вообще, я начинаю понемногу исцеляться от моих отроческих недостатков, исключая, впрочем, главного, которому суждено наделать мне еще много вреда в жизни, – склонности к умствованию.

Глава XXV.
ПРИЯТЕЛИ ВОЛОДИ

Хотя в обществе знакомых Володи я играл роль,

оскорблявшую мое самолюбие, я любил сидеть в его комнате, когда у него бывали гости, и молча наблюдать все, что там делалось. Чаще других приходили к Володе адъютант Дубков и студент князь Нехлюдов-Дубков был маленький жилистый брюнет, уже не первой молодости и немного коротконожка, но недурен собой и всегда весел. Он был один из тех ограниченных людей, которые особенно приятны именно своей ограниченностью, которые не в состоянии видеть предметы с различных сторон и которые вечно увлекаются. Суждения этих людей бывают односторонни и ошибочны, но всегда чистосердечны и увлекательны. Даже узкий эгоизм их кажется почему-то простительным и милым. Кроме того, для Володи и меня Дубков имел двоякую прелесть – воинственной наружности и, главное, возраста, с которым молодые люди почему-то имеют привычку смешивать понятие порядочности (comme il faut), очень высоко ценимую в эти года. Впрочем, Дубков и в самом деле был тем, что называют «un homme comme il faut». Одно, что было мне неприятно, – это то, что Володя как будто стыдился иногда перед ним за мои самые невинные поступки, а всего более за мою молодость.

Нехлюдов был нехорош собой: маленькие серые глаза, невысокий крутой лоб, непропорциональная длина рук и ног не могли быть названы красивыми чертами. Хорошего было в нем только – необыкновенно высокий рост, нежный цвет лица и прекрасные зубы. Но лицо это получало такой оригинальный и энергический характер от узких, блестящих глаз и переменчивого, то строгого, то детски-неопределенного выражения улыбки, что нельзя было не заметить его.

Он, казалось, был очень стыдлив, потому что каждая малость заставляла его краснеть до самых ушей; но застенчивость его не походила на мою. Чем больше он краснел, тем больше лицо его выражало решимость. Как будто он сердился на самого себя за свою слабость.

Несмотря на то, что он казался очень дружным с Дубковым и Володей, заметно было, что только случай соединил его с ними. Направления их были совершенно различны: Володя и Дубков как будто боялись всего, что было похоже на серьезные рассуждения и чувствительность; Нехлюдов, напротив, был энтузиаст в высшей степени и часто, несмотря на насмешки, пускался в рассуждения о философских вопросах и о чувствах. Володя и Дубков любили говорить о предметах своей любви (и бывали влюблены вдруг в нескольких и оба в одних и тех же); Нехлюдов, напротив, всегда серьезно сердился, когда ему намекали на его любовь к какой-то *рыженькой* .

Володя и Дубков часто позволяли себе, любя, подтрунивать над своими родными; Нехлюдова, напротив, можно было вывести из себя, с невыгодной стороны намекнув на его тетку, к которой он чувствовал какое-то восторженное обожание. Володя и Дубков после ужина ездили куда-то без Нехлюдова и называли его *красной девушкой* ...

Князь Нехлюдов поразил меня с первого раза как своим разговором, так и наружностью. Но несмотря На то, что в его направлении я находил много общего с своим – или, может быть, именно поэтому, – чувство, которое он внушил мне, когда я в первый раз увидал его, было далеко не приязненное.

Мне не нравились его быстрый взгляд, твердый голос, гордый вид, но более всего совершенное равнодушие, которое он мне оказывал. Часто во время разговора мне ужасно хотелось противоречить ему; в наказание за его гордость хотелось переспорить его, доказать ему, что я умен, несмотря на то, что он не хочет обращать на меня никакого внимания. Стыдливость удерживала меня.

Глава XXVI.
РАССУЖДЕНИЯ

Володя лежал с ногами на диване и, облокотившись на руку, читал какой-то французский роман, когда я, после вечерних классов, по своему обыкновению, вошел к нему в комнату. Он на секунду приподнял голову, чтобы взглянуть на меня, и снова принялся за чтение – движение самое простое и естественное, но которое заставило меня покраснеть. Мне показалось, что во взгляде его выражался вопрос, зачем я пришел сюда, а в быстром наклонении головы желание скрыть от меня значение взгляда. Эта склонность придавать значение самому простому движению составляла во мне характеристическую черту того возраста. Я подошел к столу и тоже взял книгу; но, прежде чем начал читать ее, мне пришло в голову, что как-то смешно, что мы, не видавшись целый день, ничего не говорим друг другу.

– Что, ты дома будешь нынче вечером?

– Не знаю, а что?

– Так, – сказал я и, замечая, что разговор не клеится, взял книгу и начал читать.

Странно, что с глазу на глаз мы по целым часам проводили молча с Володей, но достаточно было только присутствия даже молчаливого третьего лица, чтобы между нами завязывались самые интересные и разнообразные разговоры. Мы чувствовали, что слишком хорошо знаем друг друга. А слишком много или слишком мало знать друг друга одинаково мешает сближению.

– Володя дома? – послышался в передней голос Дубкова.

– Дома, – сказал Володя, спуская ноги и кладя книгу на стол. Дубков и Нехлюдов, в шинелях и шляпах, вошли в комнату.

– Что ж, едем в театр, Володя?

– Нет, мне некогда, – отвечал Володя, краснея.

– Ну, вот еще! поедем, пожалуйста.

– Да у меня и билета нет.

– Билетов сколько хочешь у входа.

– Погоди, я сейчас приду, – уклончиво отвечал Володя и, подергивая плечом, вышел из комнаты.

Я знал, что Володе очень хотелось ехать в театр, куда его звал Дубков; что он отказывался потому только, что у него не было денег, и что он вышел затем, чтобы у дворецкого достать взаймы пять рублей до будущего жалованья.

– Здравствуйте, *дипломат!* – сказал Дубков, подавая мне руку.

Приятели Володи называли меня *дипломатом*, потому что раз, после обеда у покойницы бабушки, она как-то при них, разговорившись о нашей будущности, сказала, что Володя будет военный, а что меня она надеется видеть *дипломатом*, в черном фраке и с прической à la coq, составлявшей, по ее мнению, необходимое условие дипломатического звания.

– Куда это ушел Володя? – спросил меня Нехлюдов.

– Не знаю, – отвечал я, краснея при мысли, что они, верно, догадываются, зачем вышел Володя.

– Верно, у него денег нет! правда? О! *дипломат!* –

прибавил он утвердительно, объясняя мою улыбку. – У меня тоже нет денег, а у тебя есть, Дубков?

– Посмотрим, – сказал Дубков, доставая кошелек и ощупывая в нем весьма тщательно несколько мелких монет своими коротенькими пальцами. – Вот пятацок, вот двугривеницик, а то фффю! – сказал он, делая комический жест рукою.

В это время Володя вошел в комнату.

– Ну что, едем?

– Нет.

– Как ты смешон! – сказал Нехлюдов, – отчего ты не скажешь, что у тебя нет денег. Возьми мой билет, коли хочешь.

– А ты как же?

– Он поедет к кузинам в ложу, – сказал Дубков.

– Нет, я совсем не поеду.

– Отчего?

– Оттого, что, ты знаешь, я не люблю сидеть в ложе.

– Отчего?

– Не люблю, мне неловко.

– Опять старое! не понимаю, отчего тебе может быть неловко там, где все тебе очень рады. Это смешно, mon cher[1].

– Что ж делать, si e suis timide![2] Я уверен, ты в жизни своей никогда не краснел, а я всякую минуту, от малейших пустяков! – сказал он, краснея в это же время.

– Savez vous, d'où vient vorte timidité?.. d'un excès d'amour propre, mon cher[3], – сказал Дубков покровительственным тоном.

– Какой тут excès d'amour propre! – отвечал Нехлюдов, задетый за живое. – Напротив, я стыдлив оттого, что у меня слишком мало amour propre; мне все кажется, напротив, что со мной неприятно, скучно... от этого...

– Одевайся же, Володя! – сказал Дубков, схватывая его за плечи и снимая с него сюртук. – Игнат, одеваться барину!

– От этого со мной часто бывает... – продолжал Нехлюдов.

Но Дубков уже не слушал его. «Трала-ла та-ра-ра-ла-

---

1 мой дорогой

2 если я застенчив!

3 Знаете вы, отчего происходит ваша застенчивость?.. от избытка самолюбия, мой дорогой

ла», – запел он какой-то мотив.

– Ты не отделался, – сказал Нехлюдов, – я тебе докажу, что стыдливость происходит совсем не от самолюбия.

– Докажешь, ежели поедешь с нами.

– Я сказал, что не поеду.

– Ну, так оставайся тут и доказывай *дипломату* , а мы приедем, он нам расскажет.

– И докажу, – возразил Нехлюдов с детским своенравием, – только приезжайте скорей.

– Как вы думаете: я самолюбив? – сказал он, подсаживаясь ко мне.

Несмотря на то, что у меня на этот счет было составленное мнение, я так оробел от этого неожиданного обращения, что не скоро мог ответить ему.

– Я думаю, что да, – сказал я, чувствуя, как голос мой дрожит и краска покрывает лицо при мысли, что пришло время доказать ему, что *я умный* , – я думаю, что всякий человек самолюбив, и все то, что ни делает человек, – все из самолюбия.

– Так что же, по-вашему, самолюбие? – сказал Нехлюдов, улыбаясь несколько презрительно, как мне показалось.

– Самолюбие, – сказал я, – есть убеждение в том, что я лучше и умнее всех людей.

– Да как же могут быть все в этом убеждены?

– Уж я не знаю, справедливо ли или нет, только никто, кроме меня, не признается; я убежден, что я умнее всех на свете, и уверен, что вы тоже уверены в этом.

– Нет, я про себя первого скажу, что я встречал людей, которых признавал умнее себя, – сказал Нехлюдов.

– Не может быть, – отвечал я с убеждением.

– Неужели вы в самом деле так думаете? – сказал Нехлюдов, пристально вглядываясь в меня.

– Серьезно, – отвечал я.

И тут мне вдруг пришла мысль, которую я тотчас же высказал:

– Я вам это докажу. Отчего мы самих себя любим больше других?.. Оттого, что мы считаем себя лучше других, более достойными любви. Ежели бы мы находили других лучше себя, то мы бы и любили их больше себя, а этого никогда не бывает. Ежели и бывает, то все-таки я прав, – прибавил я с невольной улыбкой самодовольства.

Нехлюдов помолчал с минуту.

– Вот я никак не думал, чтобы вы были так умны! – сказал он мне с такой добродушной, милой улыбкой, что вдруг мне показалось, что я чрезвычайно счастлив.

Похвала так могущественно действует не только на чувство, но и на ум человека, что под ее приятным влиянием мне показалось, что я стал гораздо умнее, и мысли одна за другой с необыкновенной быстротой набирались мне в голову. С самолюбия мы незаметно перешли к любви, и на эту тему разговор казался неистощимым. Несмотря на то, что наши рассуждения для постороннего слушателя могли показаться совершенной бессмыслицею – так они были неясны и односторонни, – для нас они имели высокое значение. Души наши так хорошо были настроены на один лад, что малейшее прикосновение к какой-нибудь струне одного находило отголосок в другом. Мы находили удовольствие именно в этом соответственном звучании различных струн, которые мы затрогивали в разговоре. Нам казалось, что недостает слов и времени, чтобы выразить друг другу все те мысли, которые просились наружу.

Глава XXVII.
НАЧАЛО ДРУЖБЫ

С той поры между мной и Дмитрием Нехлюдовым установились довольно странные, но чрезвычайно приятные отношения. При посторонних он не обращал на меня почти никакого внимания; но как только случалось нам быть одним, мы усаживались в уютный уголок и начинали рассуждать, забывая все и не замечая, как летит время.

Мы толковали и о будущей жизни, и об искусствах, и о службе, и о женитьбе, и о воспитании детей, и никогда нам в голову не приходило, что все то, что мы говорили, был ужаснейший вздор. Это не приходило нам в голову потому, что вздор, который мы говорили, был умный и милый вздор; а в молодости еще ценишь ум, веришь в него. В молодости все силы души направлены на будущее, и будущее это принимает такие разнообразные, живые и обворожительные формы под влиянием надежды, основанной не на опытности прошедшего, а на воображаемой возможности счастия, что одни понятные и разделенные мечты о будущем счастии составляют уже истинное счастие этого возраста. В метафизических рассуждениях, которые бывали одним из главных предметов наших разговоров, я любил ту минуту, когда мысли быстрее и быстрее следуют одна за другой и, становясь все более и более отвлеченными, доходят, наконец, до такой степени туманности, что не видишь возможности выразить их и, полагая сказать то, что думаешь, говоришь совсем другое. Я любил эту минуту, когда, возносясь все выше и выше в области мысли, вдруг постигаешь всю необъятность ее и сознаешь невозможность идти далее.

Как-то раз, во время масленицы, Нехлюдов был так занят разными удовольствиями, что хотя несколько раз на день заезжал к нам, но ни разу не поговорил со мной, и меня это так оскорбило, что снова он мне показался гордым и неприятным человеком. Я ждал только случая, чтобы показать ему, что нисколько не дорожу его обществом и не имею к нему никакой особенной привязанности.

В первый раз, как он после масленицы снова хотел разговориться со мной, я сказал, что мне нужно готовить уроки, и ушел на верх; но через четверть часа кто-то отворил дверь в классную, и Нехлюдов подошел ко мне.

– Я вам мешаю? – сказал он.

– Нет, – отвечал я, несмотря на то, что хотел сказать, что у меня действительно есть дело.

– Так отчего же вы ушли от Володи? Ведь мы давно с вами не рассуждали. А уж я так привык, что мне как будто чего-то недостает.

Досада моя прошла в одну минуту, и Дмитрий снова стал в моих глазах тем же добрым и милым человеком.

– Вы, верно, знаете, отчего я ушел? – сказал я.

– Может быть, – отвечал он, усаживаясь подле меня, – но ежели я и догадываюсь, то не могу сказать отчего, а вы так можете, – сказал он.

– Я и скажу: я ушел потому, что был сердит на вас... не сердит, а мне досадно было. Просто: я всегда боюсь, что вы презираете меня за то, что я еще очень молод.

– Знаете, отчего мы так сошлись с вами, – сказал он, добродушным и умным взглядом отвечая на мое признание, – отчего я вас люблю больше, чем людей, с которыми больше знаком и с которыми у меня больше общего? Я сейчас решил это. У вас есть удивительное, редкое качество –

откровенность.

– Да, я всегда говорю именно те вещи, в которых мне стыдно признаться, – подтвердил я, – но только тем, в ком я уверен.

– Да, но чтобы быть уверенным в человеке, надо быть с ним совершенно дружным, а мы с вами не дружны еще, Nicolas; помните, мы говорили о дружбе: чтобы быть истинными друзьями, нужно быть уверенным друг в друге.

– Быть уверенным в том, что ту вещь, которую я скажу вам, уже вы никому не скажете, – сказал я. – А ведь самые важные, интересные мысли именно те, которые мы ни за что не скажем друг другу.

– И какие гадкие мысли! такие подлые мысли, что ежели бы мы знали, что должны признаваться в них, они никогда не смели бы заходить к нам в голову.

– Знаете, какая пришла мне мысль, Nicolas, – прибавил он, вставая со стула и с улыбкой потирая руки. – *Сделаемте это*, и вы увидите, как это будет полезно для нас обоих: дадим себе слово признаваться во всем друг другу. Мы будем знать друг друга, и нам не будет совестно; а для того чтобы не бояться посторонних, дадим себе слово *никогда ни с кем и ничего* не говорить друг о друге. Сделаем это.

– Давайте, – сказал я.

И мы действительно *сделали это* . Что вышло из этого, я расскажу после.

Карр сказал, что во всякой привязанности есть две стороны: одна любит, другая позволяет любить себя, одна целует, другая подставляет щеку. Это совершенно справедливо; и в нашей дружбе я целовал, а Дмитрий подставлял щеку; но и он готов был целовать меня. Мы любили ровно, потому что взаимно знали и ценили друг друга, но это не мешало ему оказывать влияние на меня, а мне подчиняться ему.

Само собою разумеется, что под влиянием Нехлюдова я невольно усвоил и его направление, сущность которого составляла восторженное обожание идеала добродетели и убеждение в назначении человека постоянно совершенствоваться. Тогда исправить все человечество, уничтожить все пороки и несчастия людские казалось удобоисполнимою вещью, – очень легко и просто казалось исправить самого себя, усвоить все добродетели и быть счастливым...

А впрочем, Бог один знает, точно ли смешны были эти благородные мечты юности, и кто виноват в том, что они не осуществились?..

Also available from JiaHu Books:

Русланъ и Людмила — А. С. Пушкин - 9781909669000

Евгеній Онѣгинъ — А. С. Пушкин — 9781909669017

Пиковая дама, Медный всадник, Цыганы — А. С. Пушкин — 9781784350116

Капитанская дочка — А. С. Пушкин — 9781784350260

Борис Годунов — А. С. Пушкин — 9781784350291

Стихотворения: 1813-1820 — А. С. Пушкин — 9781784350864

Анна Каренина — Л. Н. Толстой — 9781909669154

Детство — Л. Н. Толстой — 9781784350949

Дядя Ваня — А. П. Чехов — 9781784350000

Три сестры — А. П. Чехов — 9781784350017

Вишнёвый сад — А. П. Чехов - 9781909669819

Чайка — А. П. Чехов — 9781909669642

Дуэль — А. П. Чехов — 9781784350024

Иванов — А. П. Чехов — 9781784350093

Шутки - А. П. Чехов — 9781784350109

Записки из подполья — Ф. Достоевский — 9781784350472

Бедные люди — Ф. Достоевский — 9781784350895

Повести и рассказы — Ф. Достоевский — 9781784350901

Двойник — Ф. Достоевский — 9781784350932

Рудин — И. С. Тургенев — 9781784350222

Записки охотника - И. С. Тургенев — 9781784350390

Нахлебник - И. С. Тургенев — 9781784350246

Отцы и дети — И. С. Тургенев - 978178435123

Ася — И. С. Тургенев — 9781784350079

Первая любовь — И. С. Тургенев — 9781784350086

Вешние воды — И. С. Тургенев — 9781784350253

Накануне — И. С. Тургенев — 9781784350512

Мать — Максим Горький — 9781909669628

Конармия — Исаак Бабель — 9781784350062

Человек-амфибия — А. Беляев - 9781784350369

Рассказ о семи повешенных и другие повести — Л. Н. Андреев — 9781909669659

Леди Макбет Мценского уезда и Запечатленный ангел - Н. С. Лесков - 9781909669666

Очарованный странник — Н. С. Лесков — 9781909669727

Некуда — Н. С. Лесков -9781909669673

Мы - Евгений Замятин- 9781909669758

Санин — М. П. Арцыбашев — 9781909669949

Двенадцать стульев — Ильф и Петров - 9781784350239

Золотой теленок — Ильф и Петров - 9781784350468

Мастер и Маргарита — М.А. Булгаков - 9781909669895

Собачье сердце — М.А. Булгаков — 9781909669536

Записки юного врача — М.А. Булгаков — 9781909669680

Роковые яйца — М.А. Булгаков — 9781909669840

Горе от ума — А. С. Грибоедов - 9781784350376

Рассказы для детей - Д. Хармс - 9781784350529

Евгений Онегин (Либретто) — 9781909669741

Пиковая Дама (Либретто) — 9781909669918

Борис Годунов (Либретто) — 9781909669376

Руслан и Людмила (Либретто) - 9781784350666

Раскіданае гняздо/Тутэйшыя - Янка Купала –
9781909669901

Чорна рада — Пантелеймон Куліш – 9781909669529

www.ingramcontent.com/pod-product-compliance
Lightning Source LLC
Chambersburg PA
CBHW021131130626

46554CB00002B/960